# „De Döschkassen"

## Lütte Geschichen op Platt to'n Dör- un Vörlesen

## Tweete, överarbeidete Oplog

**Vun Heiko Kroll**

**(c) 2011 - 2017**

Herstellung und Verlag: BoD - Books on Demand, Norderstedt

ISBN: 9 783739 212029

# Inhalt

*) Niede Geschichen

# Erst noch wat vörwech...

Dat is nu al recht 'n poor Johr her, dat mi de Chef-redakteur vun de Dithmarscher Landeszeidung ansnackt hett. He hett meent, dat ick je Platt snacken deh (womit he ni ganz unrecht harr), un wat ick mi ni vörstelln kunn, 'n Kolumne op Platt to schrieven.

Eenmol de Week schull de bröcht warrn, un dat schull dor üm Themen ut unse Tied gohn.

Un wat schall ick seggen – ick kunn mi dat vörstelln. Överhaupt kann ick mi 'n Barg vörstelln, wenn ick anfang mi wat vörtostelln.

De Achtergedanke weer also, dat man op Platt ni blots vun fröher vertelln kann, sündern, dat man all dat, wat hüüt so passeert, even ook op Platt besabbeln kann. Un denn schull dat ook ruhi 'n beten däfti togohn, denn een Sook de Platt för sick hett, is, dat „du Mors" sick lang ni so schabbig anheuert, as dat, wat man op Hochdüütsch dorto seggt – ook wenn op't Letzt datsülbige meent is. Allns annere weer mien Sook. Ick schull mi mol Gedanken doröver moken.

Un denn heff ick mi Gedanken mokt. Toerst heff ick no 'n Titel för de Kolumne söcht. Dat hett so een, twee Weeken duuert. Un denn bünn ick merrn in de Nacht mol opwokt, weil mi 'n natüürliched Bedürfnis wechtrocken hett – no Tante Meier nömli. Un as ick dor so mit mi alleent weer, keem mi de Noom mitmol in 'n Sinn: De Döschkassen. Denn kunn dat je losgohn.

1

Ick seet also so an mien Schrievdisch un wull mien ersten Döschkassen opsetten, as mi wat opgung: As Reporter weer ick dat Schrieven je wohnt – overs blots op Hochdüütsch. Platt deh ick tomeist blots snacken. Overs Platt snacken un Platt schrieven, dat sünd twee poor Schoh, dat kann ick ju vertelln. Ick heff mi also erstmol kloog mokt över de plattdüütsche Rechtschrievung. Un wat heff ick rutfunnen: De gifft dat ni!

Dat gifft wull verscheedene Wöörbööker över't Plattdüütsche, to'n Bispill vun Johann Sass, overs de sünd nie verbinnli worrn. Dat mutt man sick mol vörstelln: Do gifft dat wat – in Düütschland – wo dat keen Regel un keen Verordnung un keen Gesetz vör gifft. Narms steiht schreeven, wo man Plattüütsch „richti" schrifft. Un denn kümmt dor je ook noch to, dat dat meist so veel' ünnerscheedliche Oarten vun Platt gifft, as dat Dörpers gifft in de Platt snackt ward.

Ick leev to'n Bispill in Windbargen, wat bummeli 15 Kilometer vun dat Dörp wech is, in dat ick opwussen bün. Man kunn also seggen, dat ick „Migrationshintergrund" heff. Un as lütten Stackel heff ick lehrt, dat man to „Möhren" Wuddeln seggt. Wuddeln mit „U". In Windbargen seggt se overs Woddeln – mit „O". Nu seggt de Windbargers, dat ick den falschen Noom för dat Gemüse bruuk. De Lüüd ut dat Dörp wonehm ick opwussen bün, seggt, dat de Windbargers dat verkehrt mokt mit ehr „Woddeln".

Nu kunn man seggen, beid's is verkehrt oder beid's is richti. Oder man kann bi Sass nokieken.

2

Un dor steiht: „Wörtel (Wöttel/Wuttel)". Aha. No Sass hett also keen Dörp recht.

Wat ick overs mit Bestimmtheit seggen kann, is, dat sick dat, wat man to ehr seggt, keen beten ob den Gesmack vun de Gemüse-Dingers utwürkt. Wutteln, Woddeln, Wörteln un Wötteln smeckt jüst so as Wuddeln – un Wuddeln, de mach ick ni.

Nu heff ick mi also överleggen musst, wat ick doh. Un ick heff mi dorför entscheed, dat ick mi an de Teekensettung ut' Hochdüütsche holn, un dat ick dat Platt so schriev, as ick dat snacken doh. Ick heff mi mit de Tied twor op den een oder annern Kompromiss inloten, overs ünnern Streek bliev ick bi düsse „phonetische Schrievwies" as man dorto seggt.

Mi hett dat as Kind al jümmers de Löckers in de Strümp tosomtrocken, wenn ick dat plattdüütsche Woord „mal" leest heff, dat man overs „mol" utsnacken schull. Worüm schrievt se ni glieks mol, wenn se doch *mol* un ni *mal* meent. Dat is Platt, Lüüd, un keen Franzö'sch!

Mit de Wöörd „Vagel" för Vogel un Knaaken för Knooken is dat jüst so.

Na jo, nu bün ick över veer Johr bi mien Schrievwies bleeven un dor kriegt mi ook keeneen mehr vun af.

Dat gifft overs 'n poor Lüüd, tomeist schrievt de sülms Platt, de mi mien Schrieverie bannig övel nehmt. Doröver heff ick al siedenlange Breefe kreegen, un ick bün ook al düchti utschellt worrn wegen mien Platt.

Overs dormit kann ick leeven. Un slechte Kritik is nu mol beter as gor keen Reklame.

3

Jedenfalls freu ick mi över jedeneen de Platt snacken deiht. Wat dat nu in mien Plattdüütsch is oder in 'n annered, dat is mi annerlei.

Besünners freu' ick mi, wenn junge Lüüd platt snackt.

Wiss bün ick keen, de an allns fasthölt, wat old is, blots weil dat old is. De Welt dreiht sick (wat ick weet) blots in een Richtung, un allns hett (wat ick noch weet) sien Tied. De Plattsnackers ward weniger, dor kann man nix an moken. Man markt dat ook doran, dat keen niede Wöörd mehr in't Plattdüütsche entstoht, blots so Kunstwöörd as de „Iesenbohnpohlopundohldreiher" un sowat.

Nu gifft dat overs noch genog Lüüd, de Platt snackt, de Spoß an düsse ole Sprook hebbt, de in Noor'n vun unse Republik lange Tied de wichtigste Sprook weer. Op Platt sünd Gesetze mokt worrn, op Platt sünd Doodesurdeele utsprooken worrn. Op Platt hebbt sick vör duusend Johr al Lüüd de Ehe versproken, op Platt is sick streeden un leevhatt worrn.

Keen Platt versteiht un snackt, vör den ward de Geschicht vun Noorddüütschland 'n lütt beten lebenniger.

Overs dat schall nu keen Geschichsünnerricht warrn, sünnern dat geiht hier üm den Döschkassen. Ick heff in düssed Book de (no mien Ansehn) scheunsten Stücke rutsöcht, de mi so infulln sünd.

De sünd overs ni in all de richtige Reeg tosomstellt, sünnern so, as dat för mi Sinnhafti schient.

Bi'n poor Stücken heff ick ook noch verkloart, in wat för 'n Tosomhang dat schreeven wurr, sünst weet man gor ni mehr worüm dat geiht. Un dat deiht je nu würkli ni nödig.

Mennige Stücken heff ick in düsse tweete Oploog ook nochmol 'n beten ümschreeven, weil se mi mi mehr so gefalln dehn, as to de Tied, as ick ehr schreeven heff.
Un denn heff ick ook noch 'n poor frische Geschichen mit opnohm, de in de erste Utgoov ni bin weern.

Wat man noch weeten schull, is, dat de Döschkassen je – as ick al schreeven heff – in de Dithmarscher Landeszeidung rutkümmt. Dorüm geiht dat in mennige Geschichen ook üm düt un dat ut düsse Region.

Dithmarschen liggt an de Sleswig-Hulsteen'sche Noordseeküst, mang de See, den Nord-Ostsee-Kanol un de Eider – an un för sick is Dithmarschen also'n Insel. Fröher weer dat mol 'n Buuernrepublik. Un dormols hett hier 'n stuured un stolted Volk leevt, dat ni veel Wöörd mokt hett. In de Fernsehreklame vun dat Flensbörger Beer kunnen ook good un gern de Dithmarschers meent ween. Overs dat ward mehr un mehr to'n Klischee.
Hüüt leevt in Dithmarschen, jüst so as annerweegens, Lüüd vun överall. Dat gifft Famiel'n, de de Idylle op't Land söcht hebbt un hier hertrocken sünd. Annere Lüüd ut de Stadt wüllt ehr'n Leevensobend hier tobringen. Weller annere sünd ut fremme Länner herkomen. Se wulln no Düütschland un sünd no Dithmarschen komen. Tscha.

Na jo. Computers un Smartfoons gifft hier ook to kööpen, un dorüm ward sick de Lüüd hier jümmers glieker – jüst as överall in't Land. Un so is dat annerlei, wat de Stücken, de wat mit düsse Region to dohn hebbt, hier speelt oder even ni. Denn de Dorsten, to de man seggt, se sünd „Originole" ward – jüst as annerwegens – weniger.

5

Wat ick dormit seggen will: Ook wenn man ni ut Dithmarschen kümmt, kann man düt Book lesen, ohn' dat man dorvun 'n blievenden Schoden nobehölt. Glööv ick jedenfalls...

Ach jo, een Sook noch: De Geschichen hier in dat Book hebbt all 'n Överschrift. Düsse Överschriften sünd overs ni mit in de Zeidung afdruckt worrn. Mi dücht overs, dat de dorto heuert, un dorüm sünd se hier ook mit bin.

So. Dat weer't wat ick vörwech noch loswarrn wull. Wenn ick noch wat vergeeten heff, denn vertell ick ju dat, wenn wi uns mol dreepen doht.

Ansünsten bedank ick mi al mol dorför, dat Ju düt Book leest, un wünsch Ju veel Vergnögen.

Heiko Kroll in November 2017

# Reis'-Pannkoken un ruuge Huut

(Döschkassen Nr. 1 ut'n Februar 2011)

De Lüüd, de al 'n poormol mehr Geburtsdag fiert hebbt, de bruuk ick ni to verkloogfiedeln, wat 'n Döschkassen (op Hochdüütsch „Dreschkasten") is.

Dat is 'n Moschien, dor ward boben wat rinstekt, denn döscht de Apparot dor op rüm un ünnen kummt wat anners rut. Veel mehr mutt man för den Anfang ni weten. Nu is dat so, dat wi veele Sooken, de wie jeden Dag in't Fernsehn, in't Internet un annerwegens vertellt kriegt, eenfach so hinnehmen doht. Ohn' groot doröver notodinken, wo mall de meiste Krom üm uns rüm is. Un dat schall an düsse Steet anners ween. Ick kiek 'n beten genauer hen, bi dat, wat uns so in Alldag över den Weg löppt un dösch dor 'n beten op rüm. Mol sehn wat dor vun achteran noch över is...

Denn lot uns mol kieken: Is ni lang her, dor hett mien Madam to mi seggt, dat ick ruuge Huut harr. Ick schull mi mol mehr mit „Creme" insmeern. Een Dag loter hett se mi denn so'n raude Plastikbuddel mitbröcht. No't Duschen schull ick dat Tüch bruuken. As ick denn an tokom Dag mit Duschen trech weer, heff ick mi de Buddel eerstmol genauer bekeeken.

„Body-Repair" stunn dor op, also „Körper-Reparatur". Nanu, heff ick dacht, dat mit dat ruuge Fell kunn jo angohn. Overs, dat mien Lief 'n Reparatur nödig harr? Dor sitt doch allns wo dat hinhört. Na jo, an de een oder anner Steet sitt 'n beten mehr as mutt, overs dat ick repariert warn musst...

Dat Geföhl heff ick bet hüüt ni – tomeist jedenfalls. Ick heff mi de Buddel wieder bekeeken.

„Micro-Ahornsaft" schull dor bin ween. Wat is dat denn? Is dat Saft vun 'n ganz lütten Ahorn-Boom? Dor kann man veelicht Sirup för ganz lütte Pannkoken ut moken. Reis'-Pannkoken veelicht.

Oder Diät-Pannkoken. Man kunn overs ook 'n halven, ganz normoln Pannkoken eeten un twor ohn' Sirup. Dat hölt ook schlank un is sogor billiger.

Op de Buddel weer noch to lesen, dat dat Tüch good gegen „Spannungsgefühle" ween schull. Een vun mien Mackers harr mi jüst vertellt, dat he oft Larm mit sien Kollegen op de Arbeid hett. Dat Betriebsklima weer ni so good, hett he seggt.

Veelicht weer dor je so'n Oart vun Spannung mit meent, un he kunn wat mit de Buddel opstelln.

Denn stunn dor noch op: „Gegen Austrocknung". Na, gegen Utdröögen wuss ick wat betered. Ick heff mi gegen de ruuge Huut also 'n beten mit Melkfett insmeert, heff mi antrocken un denn af no'n Krog.

Mien Macker seet al an Tresen. He keek mi 'n beten scheev an, as ick em de Buddel mit düsse Wöörd vör den Nees stellt heff: „Hier nehm man mit no' Arbeid. Ward dat Betriebsklima beter vun." Denn heff ick uns beiden wat gegen Utdröögen bestellt. Un wegen de ruuge Huut hett mien Madam ook nix mehr seggt.

*

## De Technik ward jümmers beter

(Döschkassen ut'n Dezember 2014)

Näste Week hebbt wi 2015.
Künnt ju sick noch dorop besinn', wo ju sick vör – seggt wi mol – 30 Johrn dat Johr 2000 vörstellt hebbt?

Funktelefoons geev dat blots in't Fernsehn. Un de Dingers weern noch so groot, dat man se meist gor ni bööln kunn. Un man hett noch Landkoarten bruukt, üm mit Auto wohen to komen, wonehm man noch ni ween is. Nix Navi un so. Geev dat allns ni. Un ook an 'n Ünnerholung', as de, de nu kümmt, weer noch ni to dinken:

Mi hett 'n Kolleg anroopen. Ick weer jüst ünnerwegens, as mien Ackersnacker dat Piepen un Zittern anfung...

„Moin Heiko, ick bruk mol dien Hölp, du kinnst di doch mit Computers ut", säh mien Kolleg. „Jo", säh ick, „so'n beten. Wat hest du denn för Kummer?"
„Ick kann keen E-Mails mehr afroopen. Geiht ni. Mien Internet löppt, so wiet bün ick al. Overs nu seggt mien Reekner, dat ick de Tasten ‚RTL', ‚ALT' un ‚DELETE' drücken schall. Overs so'n Tasten heff ick gor ni!"

Ick heff mi erstmol rindinken musst, un denn säh ick:
„Alt is dor blang de grote Leertaste."
He: „Leertaste?"
Ick: „Na de ganz lange, ganz ünnen."
He: „Ah. Jo heff ick. Schall ick de fastholn?"
Ick: „wülk?"
He: „Na, de lange."

Ick: „Nää – de dor blang! Alt!"

He: „Ach jo, richti. Un de schall ick fastholn?"

Ick: „Jo. Un Delete heet bi di wohrschienli ‚ENTF'."

He: „Entf? Wat schall dat den bedüüden?"

Ick: „Dat is de Afkörtung för ‚Entfernen'."

He: „Un worüm schrievt se dat ni glieks?"

Ick: „Weet ick ni."

He: „Un de drütte Taste?"

Ick: „Segg noch mol, wo schall de heeten?"

He: „RTL."

Ick: „RTL? De kinn ick ook ni. Kiek noch mol genau to."

He: „Ach, dat heet C-T-R-L!"

Ick: „Aha. Denn drück de mol."

He: „De heff ick overs ni!"

Ick: „Wat steiht bi di op de Taste ganz ünnen links?"

He: „S-T-R-G."

Ick: „Dat is se."

He: „Wat? Ick schall doch CTRL drücken!"

Ick: „Jo, dat steiht för ‚Control'. Op Düütsch heet dat ‚Stüüerung' – kort STRG."

He: „Och so."

Ick: „So, nu drück de dree Tasten mol al tosom."

He: „Heff ick."

Ick: „Un, wat passeert nu?"

He: „Gor nix."

Ick: „Denn kann ick di ook ni hölpen."

He: „Hmm... Liekers danke. Hol Di."


Jo. So weer dat in't Johr 2014. Un tokom Johr ward de Technik NOCH beter…

\*

# Op Droht ween

(Döschkassen ut'n April 2011)

Annerletzt wull ick mi een nieded Kabel för min Puschenkino kööpen. Ick denn af no'n Elektroloden. Bün extra ni no't grode Koophuus hinween, weil ick dacht heff: kannst je mol de lütten Hökers ünnerstütten.

Denn stunn ick dor vör den Tresen. Op de anner Sied stunn de Verkööper, de jüst dorbi weer, wat to schrieven. Ick heff 'n poor mol lies host – kunn jo ween, dat he noch ni spitz kreegen harr, dat ich dor weer. Overs de Dorste harr de Roh wech. Dorüm heff ick mi 'n beten in den Loden ümkeeken. Wull jo ni schabbig ween.

Ick harr al gor ni mehr dormit rekend, dat he överhaopt noch markt, wat ick dor bün, as he mi frogen deh, wat he för mi dohn kunn. Ick wull jüst no mien Kabel frogen, dor bimmelt sien Telefoon. „Ogenblick", säh he dor un gung an den Apparat. „Jo! Nää! Mutt ick bestelln. Töv mol. Ick kiek mol in't Loger." Un zack – wech weer he. Ick heff dacht, dat's jo drullig. Ick mok mi op de Strümp un kom hier her in sein Loden un 'n annern, de to Huus op Schisselong sitt und anröpt, den bedeent de Kirl toerst.

Denn keem he weller un fung nochmol an, mit dat Telefoon to sabbeln: „Nää, hebbt wi ni. Mutt ick bestelln." Achteran hett he opleggt un fung weller dat Schrieven an. Ick harr meddewiel ook nix mehr to Kieken. Mien Kabel, dat hung achter em an de Wand, dat kunn ich sehn. He weer noch ni trech mit Schrieven, dor bimmelt dat

11

Telefoon al weller. Nu weer he al gliektiedig an Schrieven un an Sabbeln – overs ni mit mi.

Un ick dacht: Na tööv, di ward ick hölpen. Wenn du Telefoneern wullt – dat schall fuurts losgohn.

Ick af no buten un rin in't Auto. Vun dor ut kunn ick den Verkööper dör't Finster beluern. As he trech weer mit Telefoneern, heff ick em mit mien Ackerschnacker anropen. Sien Nummer stunn je an de Döör. Mit' mol wull he nu doch mit mi snacken. Ick to em: „Doht se mi mol 'n Gefalln un dreiht se sick üm." Dat deh he ook. Ick wieder: „Dor hangt 'n Kabel för fief Euro – beten wieder no boben – beten no Backbord – jo, dat!" He nohm dat Kabel vun de Wand un op' mol kunn man marken, dat he so'n lütt' beten anfung, sick to wunnerwarken.

Ick denn rut ut mien Auto un weller rin in den Loden: „Moin moin, ick heff jüst anropen un wull mien Kabel afholen." Geld op'n Tresen, Kabel inne Jack – trech weer ick dormit.

As ick weller losfohrt bün un em fründli towunken heff, hett de mi jümmers noch blots dösig ankeeken.

Jo, af un an is de niemodsche Technik gor ni so slecht, as man meent.

Un de Moral vun de Geschicht: Wenn een 'n Kabel brukt, mutt he even op Droht ween...

*

12

## Rustige Luft un Schokolod

(Döschkassen ut'n August 2015)

Jungedi, güstern Obend weer de Himmel düsterraud. Ick glööv dat kümmt vun all den Regen in de letzte Tied. Dorvun fangt de Luft dat Rusten an. Dat is overs ook wat mit dat Wöller. Dor weet man gor ni mehr wat man an- oder uttrecken schall.

Mol is dat so'n schwore Hitten un denn weller Regen, Regen un nochmol Regen. Dithmarscher Duuerharvst even.

Ick frog mi blots jedet mol wenn dat weller so an Miegen is, wo dat ganze Woter dor rop komen is, wat mennigmol Doogelang weller dolfallt.

De Forschers seggt je, dat dat eenfach opstiegen deiht. Overs Woter dat no boben fallt, heff ick noch ni sehn. Mokt man mol 'n Luftballong full mit Woter, hölt em so'n Meterföffti hoch un löt em los. Ick wurr empfehln för düssed Experiment Gummisteebeln antotrecken. De fallt nömli dohl as 'n Steen un den mokt dat platsch un mehr kümmt dor ni.

Woter un opstiegen, de wüllt mi wull för'n Narrn holn.
Nää, seggt de Forschers denn. Dat Woter sticht gor ni op, sünnern blots de Woterdamp, de weer gasförmi un den kunn man ook ni sehn.
Jo richti, wenn ick mi wat ni verklorn kann, denn segg ick eenfach, dat dor düt un dat passeert un dat dat overs unsichtbor is.

13

So as de Schokolod bi uns to Huus in't Schapp. De ward ook jümmers weniger, overs nohm hett ehr natüürli keeneen. Dat seggt tominst all, wenn man ehr frogt.

Dat hett wohrschienli mit unsichtbore Kinner to dohn, de denn no de böberste Schappdöör opstiegt un de Schokolod verdampen doht. Mi is dat eegentli ook annerlei, denn ick mach so un so keen Schokolod.

Na jo. Overs irgendwie mutt dat Regenwoter je no dor boben komen, denn anners kunn dat ni weller rünnerfalln.

Mien Leevste seggt jümmers, ick schall ni duuernd so veel över sowat nodinken, dat mokt melancholisch.

Se meent ook, ick schull mi keen Gedanken över de Luft moken, de ward ni verrusten, ganz seeker.

Na good. För hüüt warr ick dor ni mehr över nodinken, overs dat dat dorbi blifft, kann ick ni verspreeken...

*

# Flatterwehr

(Döschkassen ut'n Juni 2012)

*Düssed Stück hannelt över 'n geplonten
Flattermuus-Tunnel, ünner de A20. Dor hebbt se
sick in Bad Segebarg vör Gericht üm streeden. Wat
dorbi rutkomen is, weet ick overs ni.*

Dat de Minsch de Natuur – uns' Umwelt – wohrn mutt,
dat's je klor. Af un an ward overs dat Woord
„Natuurschutz" gern mol so'n lütt beten utdehnt.

Dat gifft 'n Barg Organisatschoon, de sick dorvör insett,
dat sick ook uns' Kinner noch de Radieschen vun ünnen
ankieken künnt. Un dat is ook good so.

Overs af un to heff ick den Verdacht, dat de een oder
anner Natuurschützer in de School ni oppasst hett –
besünners wat Biologie angeiht.

Dat is je al riekli dör de Norichten komen, dat – wenn de
A20 denn överhaupt noch wieder buut ward – in
Wittenborn bi Segebarg 'n Tunnel för Flattermüüs hen
schall. Un düssen Tunnel dörft blots Flattermüüs bruken.
Keen Kateekers, Swienigels un de Füerwehr vun
Wittenborn al lang ni.

Dat argert an meisten de Füüerwehr vun Wittenborn. De
Flattermüüs is dat wohrschienli annerlei.

Overs leeve Lüüd vun BUND un vun Nabu: Hebbt ju al
wusst, dat Flattermüüs fleegen künnt?

Künnt se. Ehrli. Noch mol to'n Mitschrieven? Also:
Flattermüüs künnt fleegen! Heff ick sülms al sehn.

15

Un denn hebbt de figelienschen Fleegers ook noch sowat as'n Sonar an Bord. Wenn to'n Bispill 'n Hochhuus buut ward, so as de Zentrale vun BUND in Berlin-Midde, denn fleegt Flattermüüs dor ni gegenan sünnern överhen oder dor an vörbi. Ganz bestimmt. Eenfach so.

Wenn de an so'n Damm mit'n Tunnel in kümmt, denn wurr mi dat ni wunnern, wenn se dor överhen suust.

Bi Füerwehrautos is dat ganz anners. De künnt nömli ni fleegen. Tominst ni vun alleent. För de mokt so'n Tunnel eenigermoten Sinn.

Wat dinkt ju sick denn neust ut? Een Brüch för Makreeln vun Kiel no Büsum? Oder Fohrstöhl för Muulwörp?

Na jo, ick kinn mi mit Flattermüüs ni so good ut. Overs ick heff de Tiern al op't Land un in de Grotstadt sehn. De schient sick anpassen to könen, an jede Oart vun Gegend. Overs dat se so kloog sünd, dat man ehr vertelln kann, dat se nu blots noch *dör* den Tunnen un ni *över* den Damm fleegen schüllt, dat kann ick mi gor ni so richti vörstelln.

Wenn dat overs doch geiht, denn kunn je ook mol de Füüerwehr mit de Flattermüüs snacken. Un wenn dat brennt, denn kunn man de Fleegers je lütte Woterammels mitgeeven. Un zack, weern all de Problemen vun Disch. Oder ni?

Wat is, wenn de Natuurfrünnen denn seggt: Flattermüüs dörft dör den Tunnel, Füüerwehr ni. Ook keen Füüerwehr-Flattermüüs. Tscha, wat denn is, dat weet ick ook ni...

*

16

## Muulesels un Tarnkappenbombers

(Döschkassen ut'n Oktober 2014)

Hüüt will ick mol blots de Wohrheit vertelln. Ick heff nömli annerletzt 'n Steed in't Internet funnen, wo dat 'n Sammlung gifft mit Weeten, dat man ni brukt. Dat gifft je veel, wat man weeten kann. To'n Bispill, worüm de Himmel an Dag blau, in de Nacht swatt un bi uns tomeist gries un grau is.

Mit düssed Weeten ännert sick de Farv vun Himmel keen Stück, overs.... overs... na jo, man weet dat even.

Un vun so'n Oart Weeten, dat Ju seekerli ni bruken künnt, heff ick mol 'n beten wat rutsöcht – över Tiern.

Pass op: Duuven schüllt Biller vun Monet un Picasso – dat weern Molers – ut'neen holn könen.
Dat is allerhand. Ob de ook de Nooms vun de Biller kinnt, dat heff ick ni rutfunnen.
Wat de Beesters overs överhaupt gor ni ut'neen holn künnt, sünd goode un slechte Maneern. De schiet nömli allns tosom, wat ehr ünnern Mors kümmt. In Berlin to'n Bispill regent dat jeden Dag bummeli teihn Tünnen(!) Duuvenschiet. Dat is weller allerhand.

Un Swien to'n Bispill künnt gor ni sweeten, as man jümmers in dat Spreekwoord seggt. Hebbt de denn ook för nix Bammel? Na jo, wurr je ni veel nützen. Op'n Töller kümmt se ohn' Bammel jüst so as mit.
Overs sweeten doht se even ni.

17

Över Esels gifft dat ook veel to vertelln, wat man ni weeten mutt: Bi Esels sitt de Oogen so an Kopp, dat se jümmers all ehr Fööt sehn künnt. Wohrschienli passt se dorüm so good op, dat sick keen vun ehr Fööt bewegt.

Blangbi: Jedet Johr blievt mehr Minschen dör Esels doot as dör Fleegers de afstört. De armen Seeln harrn man ook beter op de Fööt vun de Esels kieken schullt.

Un ook över ehr Verwandschop, de Muulesels, lött sick mennige Sooken berichen. To'n Bispill hebbt de USA noch keen Krieg verlorn, bi den se Muulesels insett hebbt.

Op den Tosomhang is man in't Witte Huus anschien'd noch gor ni komen. De harrn düchti wat spoorn kunnt. So'n Muulesel kost seeker blots half so veel as'n Tarnkappenbomber. Oder sogor noch weniger.

Dat kümmt wohrschienli op den Muulesel an. Un ook op den Tarnkappenbomber. Dor gifft dat je Ünnerscheede. So as mang Esels un Muulesels.

Een ganz wichtigen Ünnerscheed mang Esels un Muulesels is, dat Muulesels in Drievsand ni versupen doht – Esels doht dat. Wohrschienli kiekt so'n Esel de ganze Tiet bi't Versupen blots op sien Fööt – un wunnert sick. Un denn kümmt 'n poor Duuven anflattert un schiet den Esel op'n Rüüch. Un wenn Picasso noch leeven deh, denn wurr he dor wohrschienli 'n Bild över moln. So, leeve Lüüd, nu weet ju wohrschienli bescheed – ook wenn Ju dat rein gor nix nützt…

*

18

# Kattenkoh

(Döschkassen ut'n April 2011)

Fründ un Fiend ut'neen to klabüstern is af un an gor ni so eenfach. Een lütte Geschicht, üm dat to verklorn:

Op 'n oln Buurnhoff neiht de Muus vör de Katt ut un suust fuurts in Kohstall. Dor steiht de Koh. De Muus blaart: „Hölp mi Koh, de Katt will mi opfreten." De Koh seggt: „Denn stell di mol achter mi, lütte Muus." Dat deiht de Muus, un de Koh lött 'n anstännigen Dutt op dat lütte Tier falln. Un ünner all de Kohschiet is de Muus gor ni mehr to sehn.

As de Katt in Stall kümmt un de Muus ni wieswarrn kann, will se al meist weller no buten gohn. Dor süht se, dat de Steert vun de Muus ut de Kohschiet kiekt un spaddelt.

Se griept sick den Steert, treckt de Muus ut de Schiet un fritt ehr op. Dat weert. Dor is de Geschicht to Enn. Un wat kann man dorut lehrn?

Ganz eenfach: Ni jeder, de di anschieten deiht is dien Fiend un ni jeder, de di ut de Schiet treckt, is dien Fründ!

So meent de dat Dokter bestimmt good, wenn he sien Patschent mit den Hommer op't Knee kloppt. Deiht de beste Macker dat, steekt dor wat anners achter. Veel dütlicher ward dat noch, wenn de Dokters in Krankenhuus anfangt an di rümtoschnieden.

Wenn dat de beste Fründ deiht, denn ward dat Tied, sick mol no'n frischen Fründ ümtokieken.

Ook bi de eegenen Öllern, weet man mitünner ni, wie se dat mit eer Kinner meent. Eerst schüllt de Görn anfangen to Snacken un to Loopen.

19

Un wat freut sich de Öllern wenn dat Kind to'n eersten Mol „Mama" oder „Papa" seggt un de eersten stackeligen Schreed mokt. Un wenn de Kinner denn würkli anständi snacken un lopen künnt, denn schlüllt se de Snut holen un still sitten. Dor schallst di denn kloog ut warrn.

Mien Vadder seggt to sowat: „Dor kummst di vör, as vun achtern behext." Is würkli ni so eenfach, Fründ un Fiend to ünnerscheeden. Mennigmol ward ut 'n Koh 'n Katt un annersrüm. Overs keen sick good mit Tiern verdreegen kann un sülms keen Muus is, brukt sick an un för sick keen Gedanken moken.

*Düsse drullige Geschicht vun de Katt, de Koh un de Muus heff ick mi ni sülms utdacht.*

*De kümmt overs ook ni vun'n Dalai Lama oder so, sünnern vun een, de ganz seeker wat vun't Katt un Muus speeln versteiht, nömli vun Karlheinz Schreiber – den Waffenhännler, an den sick Max Strauß, Wolfgang Schäuble un Helmut Kohl seeker noch good besinn' künnt. Na jo, Helmut Kohl kann dat nu wull ni mehr.*

*Overs wohrschienli hett de Schreiber sick dat Stück ook ni sülms utdacht. He hett dat jedenfalls een Reporter vertellt, as he jüst no Kanada utneiht is, denn Europol wull em an Kanthoken hebben, weil he Waffen vun Länner, de wülk verkööpen wulln, an de verköfft hett, de ehr hebben wulln.*

*As Schreiber stiften gohn is, hett he sick seeker ook frogt, keen in sien Geschicht de Katt, de Koh un de Muus is. Wohrschienli weer he de Muus, denn de Katten un de Köh blievt in düsse Oart Geschichen jümmers över...*

\*

# Klöterklammerkassen

(Döschkassen ut'n Juni 2011)

Dat is nu al över twindig Johr her, as ick mol ünnerwegens ween bün, üm 'n Ersatzdeel för mien Krad to söken. Op mien Tour weer ick ook bi 'n Kradhöker in Lentförden, dat's bi Bad Bramstedt. De Höker harr noch wat achtern Tresen to prökeln un ick heff mi so'n beten ümkeeken. Dor full mi 'n dörsichtigen veerkantigen Kassen op'n Lodendisch op. Bummeli 'n halven Meter hoch. Vun boben ben ünnen vull mit bunte Tähnrööd, Kipphebels un al sowat.

As de Verkööper denn to mi keem, keek he mi drullig an un grins. Un ick wusst, wat he wull. Ick schull em frogen, wat dat för een Dings is.

„Is je good", heff ick denn seggt, „wat is dat?" „Jaaaa", seggt he bedüdungsvull, „dat is 'n Speeltüch för Mannslüüd."

Na, heff ick dacht. Denn ward dat wull irgendwat mit Swienkrom to dohn hebben. Un denn hett de Kirl mi 'n lütten Zeddel in den Hand leggt: „Steek dat mol dor ünnen in den Apparot rin." Dor weer een Slitz mit 'n Piel doröver an den Kassen.

Ganz vörsichti heff ick den Zettel denn in den Kassen steeckt. Un mitmol mokt dat Dings een Radau, dat mi ganz anners wurr. De Tähnrööd fungen an sick to dreihn, de Kipphebels fungen an to klötern un dat ganze wurr jümmers luder un luder.

No twindig Sekunnen hett de Kassen denn noch eenmol ganz lud „Klack" mokt un denn weer't vörbi.

He denn to mi: „Kanns den Zeddel weller ruttrecken." Datt heff ick ook dohn. Toerst heff ick dacht, dat dor gor nix passeert weer.

Overs denn kunn ick mi ni mehr holen vör gluttern: De Kassen harr een Heftklammer in den Zettel rinschoten.

„Jungedi", heff ick to em seggt, „so mokt mi Büroarbeid ook Spoß!" Un denn keem mi een Infall: Kunn man dat Patent ni op uns' Ämter inföhrn? Een Kassen för de Heftklammern, een to'n Löcker moken, dree to'n Afstempeln un so wieder.

Dat harr ook glieks twee Vördeele. Eerstmol wurrn de Beamten veel mehr Spoß doran hebben, sick dör de Akten to wöhlen. Tweetens: Man kunn al vun buten hörn, dat binnen arbeid' ward. Un denn kunn keeneen mehr seggen, de Beamten sünd blots an slopen.

Gung denn je ook gor ni – bi den Larm.

Overs – tööv mol: Wenn de de Arbeid mehr Spoß moken deh, denn wurrn se je ook gauer dormit trech ween. Un denn wurr man de Antwoord op de Stüüerverklorung je ook veel gauer kriegen.

Un wenn ick so'n Antwoord krieg, denn wüllt de jümmers, dat ick düchti wat nobetohl. Oh nä. Dat mutt ni ween. Doht Ju mi 'n Gefalln: Vertellt düsse Geschicht blots ni wieder...

\*

# Nieschier in de Unennlichkeit

(Döschkassen ut'n August 2012)

Vörige Week is je de Roboter „Curiosity" – dat heet „
Nieschier" – op'n Mars lannt. De schall dor no Leeven
spekuleern. Jung, wat hebbt de Amerikaners sick freut, dat
dat funktscheneert hett mit de Lannung.

Angela Merkel un Peter Altmaier hett dat overs
wohrschienli ni so good gefulln.
Woso? Na ganz eenfach: De Apparot löppt mit
Atomkraft un ni mit Wind- oder Sünn'energie. Un worüm
ni? Ook dat is klor: Dat Stromnetz op'n Mars is noch ni so
wiet. Dat kinnt wi bi uns je ook. Un so lang dat ni klappt,
mööt de Atomkraftwerke even noch wat wiederhuul'n.
Nix mit Energiewenn' in de Unennlichkeit.

Un wat is, wenn dat nieschieriege Dings dor nu würkli
wat Lebenniged op'n Mars finnen deiht? Veelicht sowat
as ganz seltene Wörms mit Hörn, Bakterien mit
Gummistebeln oder sogor Marsminschen. Wat is denn?
Na denn ward dat erst recht nix mit dat Stromnetz.
Denn seggt de Greun' nömli: „Dor dörft ju nix buun
vunwegen den Oartenschutz, un nu seht man fix to, dat ju
ook dat ole Atom-Dings dor wech holt. Annerwegens is
wat los."

Overs Momang mol. Op'n Mars – dat's je de „raude
Planet" – dor künnt de Greun' an un för sick je gor ni de
Greun' heeten. De mussen dor je de Rauden heeten, denn
op de Eer heet se de Greun', weil se dat Greune op de Eer
schütten wüllt.

Un wat is denn mit de Rauden? Dor gifft dat je glieks'n poor mehr Oarten vun bi uns, de Hellrauden un de Düsterrauden un so. Wat förn Farf kreegen den denn af? Ward de Rauden dor Greun? De wurrn sick swattargern, overs swatt is je ook al vergeeven.

Denn wurrn de Swatten sick weller argern, weil dat je allns ni dat Geele vun't Ei weer.

Oh ha. Dor dörfst gor ni över nodinken. De sabbelt sick doröver je scheckig un kareert.

Veelicht is de Farv op't Letzt je ook annerlei, so lang dat ni jüst bruun is.


Overs pass op, dat ward noch drulliger. Nu wüllt de Inder tokom' Johr je ook'n Raket mit'n Roboter no'n Mars jogen. Russland, Japan un China hebbt ook al düt un dat no'n Mars schooten.


Un de Amis söcht al lang no intelligented Leeven in't All. De schulln man erstmol op de Eer mit Söken anfang'. Ick meen mit dat Söken no Leeven, dat tatsächli intelligent is. Eenfach blots so.

Ick kunn mi vörstelln, dat dat gor ni so eenfach is...


*

24

## Eisprung op'n Drohtesel

(Döschkassen ut'n Mai 2014)

Ick bün nu je ni jüst de sportlichste Minsch op de Welt, ne. De, de mi kinnt, de weet dat ook.

Wat ick gern mol mok, dat is so'n beten Radfohrn. Overs jedet Mol, wenn ick op den Drohtesel stieg, frog ick mi, wat för'n Sadist dat ween hebben mutt, de sick düsse dammligen Fohrradsaddels utdacht hett.

Mol 'n Frog an de Mannslüüd: Kinnt ju dat ook, dat bi jedet Dörpetten ju'n Kronjuweeln vun een Sied no anner Sied över'n Saddel hüppen doht?

Jo, leeve Fruunslüüd – bi't Radfohrn künnt ook Mannslüüd 'n Eisprung kriegen!

Ick heff overs ut vertruunswürdige Quelln to weeten kreegen, dat de Deerns ook so her Maleschen mit de Saddels hebbt. Dor schall sick no 'n Tied bilütten de gesamte Ünnerbüx an een ganz delikate Steed mang de Been konzentreern.
Un dat schall wohl ähnli unscheun ween, as dat Juweeln-Problem bi de Kirls, blots irgendwie annersrüm.

Jo segg mol, kann man dor ni wat moken?
Ick schnied bald dat vörste Enn vun mien Saddel af. Denn is dat vörbi mit'n Eisprung. Dat heet je twor, dat de, de scheun ween will, lieden mutt. Overs dat mit dat Scheun warrn is bi mi so un so to loot.

25

Öllere Lüüd seggt gern: „fröher weer ick jung *un* scheun, hüüt bün ick blots noch *un*."

Mi geiht dat langsom jüst so. Na jo, man mutt je mit de Tied gohn, ne. Un jeded Mol, wenn ick op mien Rad sitt, ward dat 'n beten schlimmer.

Un dorbi heff ick al 'n Saddel, de – so stunn dat op de Packung – gaanz kommodig ween schall. So mit Gel-Pulster un Fellern un allns. Liekers will sick dat Dings ni mit mien Büddel anfrünnen. Un dat gifft dor je ook noch veel schlimmere Waffen, de man sick dor to'n Opsitten an't Rad schruuven kann. Bi Rennröd to'n Bispill. Dor seggt se denn Banan'saddels to. Dor is gor nix pulstert. Dor kannst di jüst so good op'n Mööhlsteen setten.

Mi hett 'n Kolleg vörslogen, dat ick dat mol mit'n Mofasaddel op't Fohrrad probeern schall. Overs wenn ick al so wiet bün, denn much ick dor ook glieks noch 'n Motor anhebben. Denn mutt man ook ni patten un de Famieljenplonung blifft dor, wo se is.

Wat de Sportfohrers utholn mööt, wenn de dor Hunnerte vun Kilometers op ehr Sportrööd togang sünd, mach ick mi överhaupt gor ni utmoln.

Keen Wunner, dat de Fohrers bi de Tour de Francs sick all mit Medikamete dopen mööt…

*

# Dösige Doog

(Döschkassen ut'n Januar 2015)

Meddeweeken weer je de Dag vun de „Joggingbüx", ne. Ick glööv dor hett mien Joggingbüx gor nix vun mitkreegen. De kriegt mi so un so ni all to oft to sehn, un to'n Joggen al gor ni.

Vör nix wegloopen, dat fehlt mi jüst noch. Overs wat mokt man eegentli an so'n Dag? Sien Büx op'n Runn' in Waschsalong inloden? Ehr mol richti in de Mangel nehm'? Ick weet dat ni.
Karl Lagerfeld hett mol seggt, „keen Joggingbüxen dreegt, de hett de Kontrull över sien Leeven verlorn".

Dat kann ick ni beurdeeln. Ook ni, wat de Kontrull vun Lagerfeld över den sien Leeven angeiht. Un mit Mood' heff ick noch ni veel an de Frisuur hatt. Na jo, heff je ook al lang keen Frisuur mehr.

Meddeweeken weer overs ook de internatschonale Dag vun't „Knuddeln". Dat is al eher no mien Mütz. Morn is de „Weltdag vun de Beerdoos". Solang de Doosen vull sünd – vun mi ut.

An 3. Februar is de internatschonale Dag vun de „männliche Körperpleege". Düüvel, is dat ook al weller sowiet. Lüüd, wat löppt de Tied…

De „Dag vun de Toledde" – also Tante Meier meen ick – gifft dat ook. Un den „Batterie-Dag", un den „Tähnarzt-Dag". Wat mokt man denn an'n Tähnarzt-Dag?

Geiht man dor extra noch mol to'n Kusenknacker oder lött man em den lever in Roh'? Man weet dat ni.

Joggingbüx-Dag. Haueha. An 1. Mai is de „Ohn'-Büx-Dag". Gült dat ook för Jogging-Büxen oder blots för Jeans oder Manschester? Dor kann ick an 2. Juli wat to vertelln, denn is nömli de „Heff-ick-vergeeten-Dag".

Nu seggt mi mol, keen sick so'n dösige Doogen utdinkt. Kann sick dat jedeneen sülms utsööken?

Gifft dat'n internatschonale Kommisschoon vun drullige Fierdoog? An 27. August is de „Eenfach-so-Dag". Den Dag kunn dat vun mi ut 365 mol in't Johr geeven. Eenfach blots so. Denn mutt man sick över so'n Tüünkrom keen Kopp mehr moken.

Jo, so ward ick dat moken. Bi mi is af sofort jeden Dag 'n Eenfach-so-Dag. Mien Jogging-Büx lot ick in't Schapp, to'n Kusenknacker goh ick wenn ick dat will (oder wenn mien Wehdoog dat will) un Ju wünsch ick'n scheunet Weekenenn. Eenfach so.

*

28

## Vör Bammel noch betohln

(Döschkassen ut'n August 2015)

Sünd ju al mol in Frietiedpark ween? Ick weer an Weekenenn jüst mit mien Lüüd dor. In Soltau. Klock negen sünd wi ankomen.

Un denn güng dat je los. De Kinner wullen glieks in de gröttste Achterbohn rin. Un ick, as Mann vun Welt, je mit. Ganz ut Holt weer de. Wi hebbt bummeli 'n halve Stünn tööven musst, bet wi an de Reeg weern. Bet dorhen, heff ick mi ganz genau bekeeken, wat dor irgendwat wackelt an dat grote Holtgerüst. Deh dat ni. Overs liekers wurr mi mit jede Sekunn, de wi tööven dehn, dösiger toweeg.

Un denn: Rin in den Woog, anschnall'n, den noch extra so'n Bügel över de Kiep un af gung de Reis'. De Wogens wurrn no boben schleept, un dat wull gor ni mehr opholn.

Över süssti Meter gung dat in de Mornluft. Meist twindi Meter höger as de Hochbrüch in Brunsbüttel.

„Wat hest du di blots dorbi dacht, Heiko", heff ick sülms jümmers to mi seggt. Un denn weern wi boben. Ganz liesen wurr dat mitmol.

Wi sünd üm so'n lütte Kurv fohrt. Un denn weer vör uns nix mehr to sehn. Mien ganzed Leeven trock vör mien innered Oog vörbi...

Un denn güng' de Wogens över de Kant, ick heff ganz fast de Oogen tokneepen – ook dat innere.

29

Üm mi rüm weern all an gröln. Ick kunn ni gröln, heff je de Luft anholn.

Un denn weern wi ennli ünnen, ick wurr so fast in den Sitz presst, dat mi de Kopp meist ut'n Mors keem'. Ganz vörsichti heff ick de Oogen weller opmokt vör uns gung dat glieks weller bargop un denn – zack – weller bargdohl.

Dorbi wurr ick ut'n Sitz trocken un hung blots noch an mien Been. Ick heff dacht, dat ick jeden Momang in hogen Bogen ut den Woog fleegen un 30 Kilometer wieder op'n Acker inslogen wurr. Dat gung noch'n poor mol so.

Un denn weer ick ennli trech dormit. In sowat kriegt mi keeneen mehr rin. Nä!

Ick harr spiegen kunnt. Un dorbi is mi wat opfulln: Dat Eeten in so'n Frietiedpark is so utverschomt düüer, dat man sick dat eenfach ni leisten kann, dat weller uttospiegen, sülms wenn dat ni smeckt hett.

Ook 'n Oart an Geld to komen. Na jo, ick weet jedenfalls, womit ick mien Frietied in Tokunft ganz seeker ni mehr tobringen ward...

*

## Knackis un annered Eeten

(Döschkassen ut'n Januar 2015)

Morn is weller Weekenenn.
Dusende Lüüd löppt denn weller no'n Backer un wüllt Rundstücken kööpen. As ick noch lütt weer, dor heff ick jümmers an Sünnobend in't Dörp loopen musst, üm Rundstücken to kööpen. Sünndags, so as hüüt, geev dat dormols keen Rundstücken.
Weer je Weekenenn.

Dat gung denn jedenfalls so: „Moin, ick harr gern süss Rundstücken un de Zeitung."

Un denn heff ick süss Rundstücken un de Zeitung kreegen. Wat ook sünst. Dor heff ick je ook no frogt.

Hüütigendoogs gifft dat overs al lang keen Backer mehr, wo man Rundstücken kööpen kann oder „Brötchen".

Hüüt heet de Dingers „Backis", „Knackis", „Brunos", „Schlemmerstange", „Lattenkracher" un al sowat.
Overs worüm blots? Weer „Brötchen" oder Rundstück ni mehr good genog?
Hangt dat mit den Klimawannel tosom?

Wenn ick Rundstücken hebben will un „veer Knackis bidde" seggen schall, denn kom ick mi doch sülms meist vör as so'n Knacki.

Nä, nä. Wenn ick Rundstücken hebben will, denn frog ick no Rundstücken – anners nix.

Overs denn mark ick jümmers, dat de Verklöperin ganz hibbelig ward: „Ääh, wüllt se Weltmeister, Roggenkrüstchen oder wat? Zungenkuss is jüst in Angebot."

Seggt mi mol: Ward de Dorsten dorop schoolt, so'n drulliged Tüch to sabbeln? Gift dat Utbillungslogers för de Lüüd, wo se üm kort no süss övern Hoff marscheern mööt?
Klock acht övt se denn Lattenkracher un Zungenküsse ünnert Volk to bringen.

De doht mi richti leed.
Man kann sick Rundstücken je ook al fix un fertig mit Wuss oder Kees belegt kööpen. Overs denn heet se nochmol anners: „Grünschnabel" oder „Schlemmerecke". Sogor op de Tanksteed gift dat sowat.
Dor heet dat „Supersnack".

Dor brukt man 'n Vokabular as so'n Perfesser – blots üm to fröhstücken. Veelicht gift da je bald ook 'n Rundstück-Abonnement. Dor betohlt man 25 Euro in Monot un kriegt denn jeden Morgen twee Rundtstücken. Dat nennt sick denn wohrschienli „Knacki-Flatrate" oder so.

Haueha. Wenn ick wusst harr, dat dat Eeten mol so'n fiegeliensche Sook ward, denn weer ick al lang op Drinken ümstegen.

*

## Stutenproblematik

(Döschkassen ut'n November 2012)

Jümmers bi't Fröhstück frog ick mi, wat Backers un Slachters sick ni künnt, wat de sick ni lieden mögt oder blots ni tosom snacken doht.

Ick meen, op de Buusteed, dor löppt dat je so: Toerst kümmt de Muuerlüüd, de backt Steen över'nanner. Un wenn de dormit trech sünd, denn kümmt de Timmerlüüd un de stellt dor'n Dackstohl op. Toletzt sünd de Dackdeckers an de Reeg. De mokt dat Huus vun boben dicht, un denn kümmt noch wülk, de dat vun binnen schier mokt un ferti is.

Un wenn man dör de Strooten löppt, denn süht dat bi all de Hüüs jümmers recht schier ut.
Tomeist is dat twor so, dat dat Dack 'n lütt beten över de Muuern langt – Dacköverstand seggt man dorto. Over annersrüm süht man dat nie – also so, dat dat Huus ünnert Dack rutkieken deiht.

Timmer- un Muuerlüüd hebbt dat also anschiend ganz good op de Reeg.

Backers un Slachter overs, as ick al seggt heff, ni. Denn jümmers, wenn ick mi 'n Stück Stuten affiedeln doh un dor 'n Stück Wuss roplegg, denn will dat eenfach ni passen. Jedet Mol kiekt de verdwarste Stuten dor ünner rut.
Wenn ick denn twee Schieven Wuss nehm, denn is dat al veels to veel.

33

An all de Sieden kiekt de Wuss den övern Stuten wech. Bet op een Steed. So'n ganz lütt' Dreeeck. Dor kiekt de Stuten jümmers noch rut.

Dat kann doch ni angohn – dor hett man al veels to veel Wuss op'n Stuten, un dat Brot is jümmers noch to sehn. Mit Rundstücken is dat ook ni veel beter. Un mit Kees hannelt man sick den sülbigen Larm op'n Stuten in: Kees eckig, Rundstück rund, as de Noom je al seggt.

Dor fleegt Lüüd mit Raketen no'n Mond un all sowat, over an Fröstücksdisch stellt sick rut, wo de Minschheit ehr Grenzen hett.

Ick meen, ick heff je gor nix gegen Wuss un Kees. Dor bruk ick gor keen Stuten för. Overs överall snackt se vun Huushaltskonsolidierung un Schullenschnitt. Bi'n Opschnitt is dat allerdings vörbi mit de Schnittigkeit.

De eenzige Lösung, de mi in düsse Frog infallt, is Marmelod oder Teewuss eeten. De kann man so op'n Stuten verdeeln, dat se bünni mit de Kanten afslüten deiht.
Gooden Hunger...

*

# Erleichterung

(Döchkassen ut'n März 2017)

In Düütschland beschwert man sick je so gern, ne. Dat is'n richtigen Volkssport bi uns – wenn ick ni wiederkom, denn beschwer' ick mi erstmol anstänni.

In jeden Supermart steiht jeden Dag tominst een Kunn' mit'n Paket ünnern Arm: „Dat heff ick hier köfft, un dat is ganz grooten Schiet. Wonehm kann man sick bi ju beschwer'n?"
Un dat gifft wohrschienli keen eenziged Reisebüro, in dat sick ni al Hunnerte – ach wat snack ick – Duusende vun Kunnen beschwert hebbt: „De Betten weern to hart, dat Eeten weer nix, dat Schwümmbecken weer to warm – heff ick nomeeten! Vör't Hotel weer 'n Buusteed, de Pyramiden weern veels to old un de Fleeger erst, ne..."

Jo, so is dat. Vun dat Mekka för all, de sick beschwer'n wüllt, heff ick overs noch gor ni snackt: De Ämter. Dat is annerlei, wat för'n Amt dat is, bi de Ämter beschwert sick de Düütschen an leevsten – un twor över allns un jeden.
Ick will Ju mol wat verroden – mien lütted Geheemnis: Ick beschwer mi al lang ni mehr. Is dat Leeven ni al schwor genog? Bün „ick" ni al schwor genog? Woso schull ick mi noch schworer moken?

Na jo, dat heet eegentli beschwer' ick mi je doch af un to, overs ick nööm dat anners: Ick segg dor ni beschwer'n to, ick segg dorto „erleichtern" also lichter moken.

35

De Sprook is je een gewaltiged Instrument, un mennig-mol mutt man eenfach mol doröver nodinken, wat man eegentli seggt.

Dorüm is dat ook mien Tipp an Ju: Wenn Ju mit wat ni tofreeden sünd, denn dinkt ni glieks: „Doröver mutt ick mi overs fuurts mol beschwer'n." Dinkt leever: „Dor warr ick mi bi Gelegenheit mol över erleichtern."

Man föhlt sick bi den Gedanken al lichter, as wenn man an Beschwer'n dinkt. Un wenn Ju denn in Supermart, op't Amt in't Reisebüro oder sünst wat sünd, denn seggt Ju eenfach: „Scheun' gooden Dag, ick kom vörbi, üm mi bi se mol anstänni to erleichtern..."
Man mutt sick denn overs ni in den Sinn erleichtern, as man dat op Tante Meier deiht. Wobi... in den een oder annern Fall...

Och, Ju ward dat al moken – veel Spoß bi't sick erleichtern...

*

## Op Tante Meier ohn' Tante Meier

(Döschkassen ut'n April 2013)

Jo, nu pass op: Ick bün je ni würkli dat, wat man an un för sick as'n Sportskanoon beteeken wurr. Ick heff dat leever so'n beten kommodig.

Op't Letzt' heff ick overs doch noch wat funnen, wo ick mi so'n beten afspatteln kann:
Yoga! Herren-Yoga, üm genau to ween.
Un dat kann man sick so vörstelln: Fief, süss Lüüd vun mien Kaliber rullt sick eenmol de Week för twee Stünnen op'n Grund rüm. Dor gifft dat Öövungen as „de Kreih" un all so'n krom.

Jo. Un bi't erste Mol schull ick denn bi een Öövung mien „Beckenborrnmuskeln" anspann'. Wat för Dinger, heff ick frogt. Muskeln op'n Böön vun't Becken? Dor harr ick noch gor nix vun heuert.

„Dat's ganz eenfach", hett de Anleiterin seggt.
„Stell di vör, du mutts op Tante Meier, hest overs keen Klo to Huus."
„Ach so", heff ick seggt, „denn klingel ick bi mien Nover un frog, wat ick dor mol ut de Büx kann."

Nä, se harr wat anners meent. Ick schull so dohn, as wenn ick mol mutt, overs dat anhol.

Aha. Dor kunn ick wat mit anfang'. „Un wat schall dat nu", meen ick to ehr – ick heff in den Momang je gor ni musst. Dat is jüst so as Kaun ohn' wat to eeten in't Muul.

Se seggt dat öövt düsse Muskeln. Dat wurr gegen Inkontinenz – also in de Büx moken – hölpen, un ook de Potenz wurr dat togang bringen. Wat Potenz is, dat schulln wi je weeten.

„Jo", meent dor een vun mien Kollegen, „dat kinn ick ut'n Matheünnerricht in de School…"
Wi hebbt uns meist in de Büx mokt vör lachen – liekers wi jüst mit unse Beckenborrnmuskeln öövt harrn.

Düsse Muskeln kunn man den ganzen Dag anspann' un weller losloten, dormit dor ünnen allns frisch un safti blifft.
Dor harr se wat seggt. Wenn mi nu mol een frogt, wat ick denn gor nix doh, wenn ick blots so dorsitt, denn ward ick in Tokunft seggen: „Doch! Natüürli doh ick wat: Ick ööv mien Beckenborrnmuskel!"

Jo, düsse Oart vun Sport is no mien Möög…

*Düssen Döschkassen heff ick schreeven, as ick noch ganz an Anfang vun mien Yoga-Karriere weer. Richti veel Elan heff ick dor hatt.*

*Leider hett dat ni ganz so lang anholn. No de drütte Yoga-Stünn weer ick dorvun al weller af. So'n poor Doog heff ick dat noch to Huus wieder öövt, overs dat weer denn ook bald vörbi. Overs weenstern heff ick dat mol pobeert. Ick frog mi, wat mien Beckenborrnmuskeln wull jüst mokt…*

\*

# Schneck'npieken

(Döschkassen ut'n September 2014)

Gediegen is dat. Annerwegens verhungert de Lüüd, un ick heff 50 Pund to veel op de Klock – de Welt is to Schann un ick bün to dick.

Wat kann man dor blots moken?
Mien Dokter hett seggt: „Se schulln man mol 'n beten Sport moken."
De hett licht Snacken – wicht man jüst so veel as mien Been. Ungerecht is dat. Ick kinn 'n Barg Lüüd, an de keen Gramm Fett sitt, liekers de Schokolod an freeten sünd un all sowat. Ick mach ni mol Schokolod.

Na jo. Sport moken also. So'n beten wat mok ick je. Heff mol Yoga mokt. In Gudendörp. Overs so as dat utsüht, is Gudendörp to lütt för uns – also för mi un Yoga tosom. Düsse Karriere heff ick an 'n Nogel hungen.

Wat heff ick denn noch an Sport mokt? Ach jo: Düt Johr heff ick den fofften Platz bi't Vogelscheeten mokt.

Overs dor sünd je jümmrs so veel Pausen mang dat Scheeten. Un in düsse Pausen passt 'n Barg Eeten un Drinken rin.
Dat is wohrschienli ni de Sport, den mien Medizinmann meent hett.

Ick bün overs tatsächli in uns Dörp in Sportvereen bin. Vun de Mitgliedschop warst allerdings ook ni schlanker.

39

Mien Dokter hett meent, ick schull dat mol mit „Nordic Walking" versööken. Ick kann mi overs tosomrieten. So wiet kümmt dat noch – Schiefohrn ohn' Breed.

Overs ick Dussel heff dat mien Madam vertellt, un de weer dor glieks ganz begeistert vun. Un wat deiht de - köfft mi so'n poor Knüppels. Knallraud! Se sülms harr al wülk.

Na, denn hett dat je losgohn musst. Tominst heff ick overs dorför sorgt, dat uns keen dorbi sehn kunn. Wi sünd erstmol 20 Kilometers mit Auto fohrt, eher wi dree Kilometers nordik an walken weern.

Eegentli hett mi dat sogor Spoß mokt. Overs dat is je so unmännli. Un dat keem, as dat jümmers kümmt, bi so'n Sooken: Twee Dog loter, stunn 'n Kolleg blang mi, as ick den Kufferruum vun mien Auto opmokt heff. Un dor leegen noch de nieden rauden Knüppels bin.

Mien Kolleg kreeg sick gor ni mehr in vör Gluttern. „Wat? Du büst an Schneck'n-Pieken? Ick lach mi wech." Schneck'n-Pieken. Na denn. Veelicht schoom ick mi de Kilos je wech…

*

# Mars-Muuerlüüd

(Döschkassen ut'n Januar 2014)

De NASA hett in de över föffti Johr, in de ehr dat geeven deiht, je 'n Barg Niedes över't Weltall rutfunnen.

Se hebbt to'n Bispill rutfunnen, dat dat allns gor ni so eenfach is mit dat All.

Se hebbt wat över Swatte Löcker rutfunnen. De Löcker sünd swatter as de swatt'sten Swattgeldkonten, de dat op unsen Planet so geeven deiht. Dor kümmt nix mehr rut. Ni mol dat Licht. Dat is so ähnli as bi de Swattgeldkonten.

Un över düstere Materie hebbt se wat rutfunnen. Dat is ni de Oart vun düstere Materie, de ju bi ju'n Kinner ünner de Fingernogels sehn künnt, sünnern ganz wat anners.
Wat dat genau is, dat hebbt se noch ni rutfunnen. Overs se meent, ehr Bereeknungen seggt, dat dat de düstere Materie geeven mutt.

Wat dat mit düsse Materie op sick hett, dat find se bestimmt ook noch rut. Veelicht besteiht de düstere Materie je eenfach blots ut Briketts. Hoffentli kriegt de Stromkonzerne dat denn ni spitz. Denn ward dat de tokom fief Million Johr nix mit de Energiewenn'.

Annerletzt hebbt se rutfunnen, dat op'n Mars 'n Steen liggt, wonehm vörher keen Steen leeg.

Se harrn dor twee Fotos schoten. Op dat erste Bild weer blots de schietige Footbornn to sehn.

41

Op dat anner Bild weer de schietige Footborrn „un" een Steen to sehn. Twee Fotos weern dat. Een ohn' un een mit Steen. Gewalti.

So'n beten as in de Sesamstroot weer dat. Un nu wulln se weeten, wo de Steen dor henkomen is. Veelicht hett den je 'n Marsminsch verlorn.

Dat weer veelicht 'n Mars-Muuermann. Man weet dat ni. Anner Lüüd meent, de Steen is eenfach vun dat Fohrtüch dohlfulln, wo de Kamera an sitt. Dösig. Wenn bi mi wat vun't Auto fallt, mokt se dor ni so'n Larm üm. Na jo, ick bün je ook ni bi de NASA.

Nu hebbt de NASA-Lüüd ankünnigt, dat se 2014 de Eer erforschen wüllt. Kann angohn, dat dat so is, weil de Regierung vun de USA de NASA keen Geld mehr geeven will: „Denn forscht wi even to Huus..."

Ganz scheun forsch, de Forschers. Veelicht schulln se bi de swattgeldkonten anfangen. Veelicht finnd se dor je mehr över rut, as över de Swatten Löckers.
Un veelicht fallt dor je jüst soveel bi af, dat se bald weller op'n Mars forschen künnt. Mach ween, dat se denn ook den ersten Mars-Timmermann entdecken doht...

\*

# Lehrjohrn

(Döschkassen ut'n Mai 2014)

Lehrjohrn sünd je keen Herrnjohrn, ne...
Ick kann mi good dorop besinn', dat ick in't erste Lehrjohr as Handwerker mol för'n poor Weeken op'n Buusteed in de Albersdörper School weer.
Wi schulln dor frische Finstern inbuun.

Un jeden Dag to'n Fierobend weer't datsülbige Speel – keen hett den Bessen in de Hand kreegen, üm de Buusteed reintomoken? Ick.

An een Dag keem mol een vun de Lehrers op mi dol un säh to mi: „Künnt se mol den Transporter dor wechfohrn? Ick mutt dor mit mien Auto dör."

Ick weer twor erst foffteihn, over Transporter fohrn, dat weer je wat för mi. De Schlödel vun uns' Firm'auto hett op't Zündslott steekt – denn kunn't je losgohn.

Overs jüst, dat ick den Woog ansmeten harr, keem mien Gesell anrennt, düchti an bölken un wild mit de Arms an fucheln: „Büst du mall? Seh to, dat du ut 'n Transporter kümmst. Du hest je ni mol'n Autoföhrerschien." Un dor weer dat al weller vörbi mit' Auto fohrn.

To'n Fierobend wurr mi denn weller de Bessen in de Hand drückt: „Mok de Buusteed noch gau rein, dormit wi los künnt."

Overs an düssen Dag heff ick denn to mien Gesell seggt: „Deiht mi leed, overs dor ward nix ut. Ick heff je gor keen Bessenföhrerschien!"

Un wat deh mien Gesell?

De hett sien Notizblock ut de Jopp fummelt un dor wat opschreeven. Denn reet he den Zeddel af un hett mi in de Hand drückt: „So, hier, dat schull hölpen."

‚Bessenföhrerschien för Heiko Kroll' stunn dor op!

Un denn hett he mi noch 'n Zeddel schreeven: „Un hier hest du ook glieks noch 'n Leuwoogpass!"

Tscha. So eenfach weer dat. Bessenföhrerschien un Leuwoogpass in twee Minuten ohn' Prüfung mokt. So gau kümmt man hüüt ni mehr an' Föhrerschien.

Överhaupt is dat recht wat figelienscher worrn mit all de Zeddels un Nowiese, de man hüüt för jeden Tüünkrom hebben mutt. Dat kümmt gor ni mehr dorop an, dat man wat kann. Man mutt'n Zeddel hebben, wo opsteiht, dat man dat kann. Annerlei, ob dat stimmt oder ni. Hauptsook, dor is'n Stempel op.

In mien Lehrtied weer dat doch recht wat eenfacher, mutt ick seggen…

*

## Volkszählung I

(Döschkassen ut'n Juni 2011)

Nu ist dat mol wedder sowiet.
Wi hebbt „Volkszählung". Dorgift dat ni mol 'n plattdüütsch Woord för. Op jeden Fall ward dat Volk tellt.

Dat kann je an un för sick ni so schwor ween. Mol överleggen: Bet 1989 weern wi twee Völker un nu sünd wi een. Zack – fertig tellt. Dat geiht sogor mit een Hand op'n Rüch oder mit beid' Arms in Gips.

Un woveel Lüüd wonehm wohn' doht, wat de allns hebbt, wat de gesund sünd un al sowat, dat weet de Behörden al lang.
Nu seggt overs de Staat, dat se weten wüllt, wat dat, wat de Behörden so weet, ook stimmt un richti is.

Dorvun kümmt dat, dat nu allerhand Lüüd mit allerhand Zettels an allerhand Döörn kloppt un allerhand weten wüllt – even dat, wat de Behörden al weten doht.

De seggt je, dat de Daten sünd ni aktuell.
Kunn je angohn, wat dat Lüüd geven deiht, de dree Hüüs hebbt, bi dat Finanzamt overs blots een angeven hebbt. Un wenn nu de „Volkszählers" an de Döör kloppt, denn ward de natürli seggen: „Also, wenn ick ganz ehrli bün, mutt ick togeeven, ick heff dor noch twee Hüüs, vun de weet ju blots noch nix."

Ganz seeker. So ward dat ween...

Ach wat. Gor nix! Keeneen ward sick dor sümls anschieten. Annerlei wat dat nu Erna Hansen ut Tüddelsdörp is oder de Vörstand vun irgendeen Konzern.

Overs tööv mol. Dinkt de Lüüd in uns' Regierung jümmers noch, dat wi twee Völkers sünd?
Kunn meist angohn.

Veelicht hebbt de de ganze Tied siet 1989 jümmers lustig wieder för twee inköfft. De letzte „Volkszählung" weer je 1987! De hebbt veelicht noch gor ni mitkreegen, dat se nu ni mehr allns dubbelt kööpen mööt.

Meist jedet Ministerium gift dat tweemol. Eenmol in Bonn un eenmol in Berlin.

Haueha. Dor mutt doch mol een bescheed seggen! Wat harrn wi dor spoorn kunnt…

Nu weet ick ook worüm de Staat so veel Schullen hett.
Denn is dat man doch good, dat se uns' Volk nu tellt. Harrn se man veel fröher dohn schullt.

*

*Dat mit de Volkszählung, dat hett dat Volk in uns' Land anstänni op Trab holn.*
*Över 'n halved Johr loter, hebbt mi dor jümmers noch Lüüd op ansnackt. Dorüm heff ick de Tellerie in Februar 2012 nochmol opgreepen...*

## Volkszählung II

(Döschkassen ut'n Februar 2012)

Vöriged Johr heff je al mol wat över de Volkszählung schreeven. Wo dösig dat is, dat de Regierung ni weet, mit wo veel Völker se dat to dohn hebbt un so wieder.

Na jo. De Larm üm düssen „Zensus", wo de Tellerie je ook heeten deiht, is jümmers noch ni vörbi. Mennige Huushalte hebbt gor keen vun de Zeddels mit all de drulligen frogen kreegen, annere hebbt se den Breefkassen bet boben hen vullstoppt mit de Dingers.

So hett mi jüst een Fruu ansnackt: „Ick wohn' mit mien Mann un uns Söhn tosom in uns Huus.
Un all dree hebbt wi so'n Zeddel kreegen." Dor is doch eegentli wieder nix bi, oder?

Anschiend doch. Jedeneen ut de Famielje schull opschrieven, wonehm he wohnt, ob in 'n eegen'd Huus oder to Miete, un wo veel Lüüd dor noch mit in't Huus leevt.

Un nu geiht' los: De Mann hett schreeven: „Ick heff 'n Huus un dor wohnt noch twee Lüüd mehr in."

Weil beide Ehelüüd in't Grundbook stoht, hett de Fruu ook schreeven: „Ick heff 'n Huus un dor wohnt noch twee Lüüd mehr mit in."

Un de Söhn het opschreeven: „Ick wohn in'n Huus, dat mi ni toheuert, overs dor wohnt noch twee Lüüd mehr in."

Wenn man nu de Angoven vun de dree Zeddels tosomreeken deiht, denn kümmt dorbi rut, dat dor negen Lüüd in twee Hüüs leeven doht.

De Mann hett een Huus, de Fru hett een Huus – mokt twee Hüüs. Un all wohnt se mit twee annere Lüüd tosom. Dree mol dree mokt negen!

Un dat schüllt se in de Zentrale vun den Zensus wedder ut'neen puuln? Dat ward doch nie wat. Un keen den Zeddel ni utfüllt hett, de schall nu ook noch bestroft warrn.

Na Mohltied.

Wenn de mit dat Telln vun't Volk trech sünd, denn hebbt wi 600 Million Lüüd in 300 Million Hüüs.

Un denn dinkt sick de Finanzminister: „Du leeve Tied. Wi hebbt je 530 Million Arbeidslose. Un vun 520 Millon Lüüd hebbt wi noch gor nix wusst.

De betohl je all keen Stüern!"

Un denn ward de Stüern ropsett un Strooten för 600 Million Lüüd buut. Un üm de Strooten to saneern, de dat al gifft, bliff wohrschienli nix mehr över.

Drullig. Op so'n ganz dösige Wies kümmt mi dat vör, as wenn ick vun so'n Gedankenspeele al mol wat in de Norichen heuert heff. Veellicht schull man bi den nästen Zensus mol rutfinnen, wo veel Lüüd dat in't Land gifft, de würkli telln künnt, un de schickt man denn bi'n övernästen Zensus los. Un 2090 weet wi denn veelicht, wat eventuell wohrschienli is.

Jo – Politik is'n langfristige Angelegenheit...

*

## Sommertied-Blues

(Döschkassen ut'n Mai 2011)

Nu is dat al meist een Week her, dat wi uns' Klocken op Sommertied umstellt hebbt. Overs so'n beten steekt uns dat noch in de Knoken. Jeden Morn fehlt 'n Stünn. Un dat' obends loter düster ward, nütz' ook ni recht wat.

Wat so'n lütt beten hölpen deiht, is 'n anstännigen Putt Kaffe. Mit Melk un Zucker oder swatt as de Nacht – speelt gor keen Rull. Stark mutt dat Tüch ween, dormit de Pump weller togang kümmt.

Wenn man nu overs to Huus to loot ut de Puch komen is, blifft mitünner keen Tied mehr, sick een dörtobüddeln. Un denn? So kopplastig un gnatteri mags jo ook keen ünner de Oogen komen.
Also fuurts no'n Backer oder no de Tanksteed.

Dor gift dat Kaffe för Lüüd, de dat hilt hebbt. Blots heet dat dor anners: „Coffee to go", seggt man op Neemodsch. Ach jo – Ohn' Ingelsch geiht je nix mehr.
„Kaffe to'n Loopen" heet dat. To'n wegloopen oder wat? So'n Kaffe heff ick annerwegens ook al mol kreegen. Ick krieg dat Schüddeln, wenn ick dor man blots an dink.

Nä, dat hett to bedüden, dat se den Muckefuck in' Pappbeeker rinpüttert, denn kümmt dor so'n Plastikstülp mit 'n lütt' Lock op un denn kann man dormit afsusen.

Nu schient dat overs so to ween, dat de een oder anner Höker sick ni so seeker mit sien Coffee-Ingelsch is.

49

Af un to steiht dor nämli noch extra op Hochdüütsch „...auch zum Mitnehmen" bi.

Wat nu? Kaffe to'n Loopen oder to'n Mitnehm? Veelicht is dat bi düssen Kaffe jo wichtig, dat man löppt, wenn man em drinkt. Kannst mit op de Tanksteed üm de Süüln Slalom loopen. Un wenn dat ni hebben machst, denn kannst den Kaffe ook mitnehm.

Haueha. Dor mag man gor ni över nodinken. Erst recht ni morns, wenn dat eegentli noch süss is, de Klock overs al söben wiest, weil wi Sommertied hebbt. Dor mutt man sick denn ook ni wunnern, wenn de Lüüd op de Arbeid gallig sünd.

De hebbt seeker al eern Törn üm de Tanksüüln achter sick. Veelicht hebbt se overs ook 'n Kaffe to'n weglopen bi't Fröhstück kreegen. Dat kann man ni weeten. Schull man ook ni no frogen. Un wenn man bi't „Moin"-seggen dösig ankeeken ward, mutt man eenfach trüchkieken, as wenn man dat ni markt hett. Dat hölpt jümmers.

Noch beter weer dat overs, wenn man dat mit de Sommertied ganz un gor blieven loten wurr. Ick meen, in Harvst ward de Klock doch so un so werr trüchdreiht. Denn weer dat ook förbi mit „Coffee to go" un genog Tied för „Kaffe in't Huus"!

\*

# Boden ohn' Seep

(Döschkassen ut'n Februar 2015)

De Reklame ward je jümmers figelienscher, ne.
Dor sünd hüüt hochbetohlte „Marketing-Strategen" un „Werbe-Psychologen" un all so'n Lüüd an kloogschieten, wo se uns an besten dat suuer verdeente Geld ut de Knipp trecken künnt.

Fröher hett dat dat je ook al geeven, overs dor weer de Reklame noch 'n beten … beten … tscha, wat seggt man dorto. Unschülli veelicht? Ick weet dat ni.

Jedenfalls hett 'n Zeidungs-Reklame de ick annerletzt ut de 50er Johrn sehn heff, för Tabletten, also Pill'n för Fruunslüüd worben. Dat weern keen Anti-Baby-Pill'n.
Ook keen to'n Anfnehm' – ganz in Gegendeel: Dat weern Pill'n gegen „Magerkeit". Würkli. Dat mutt man sick mol vörstelln, dat geev'n Tied, dor hebbt de Deerns sick anschiend to dünn föhlt…

Un denn weer dor 'n Reklame ut de 60er Johrn. De hett för „Plantschi" worben.
Dat Tüch gifft dat al lang ni mehr.

Plantschi, dat weer 'n „Spezial-Bad" för Kinner. 17 bet 20 Mol boden hebbt dormit blots 2,75 Mark kost. Tööv mol – op de Waschgewohnheiten in de 60er Johrn üm- reekend, hett so'n Buddel meist 'n halved Johr reckt.
Overs dat Beste kümmt je noch.
Nömli dat wat Plantschi allns kunn:

51

- Boden ohn' Seep, blots mit Öl un Kamille un all sowat.
- Mokt dat Woter Regen-week un gifft herrli veel Schuum (wat? Schuum ohn' Seep? Dat's je allerhand).
- Mokt gründli un mild rein, ganz vun sülms! Seep un Lappen brukt man ni mehr (nu ward' overs spökeli).
- Gifft keen Rand in de Bodwann, dat is good för de Huusfruu (de Anzeig' keem anschiend ni in Alice Schwarzer ehr Blatt rut).

Un denn keem noch „doht se dat Beste för ehr Kind, Plantschi hier un Plantschi dor, wat Betered as Plantschi gifft dat ni…"

So. Nu frog ick mi: Wonehm is Plantschi bleeven? Ick bruuk Plantschi, so veel is mol klor.

Tscha. Gifft dat ni mehr. Un worüm?
Also, entweder dat Tüch weer hoch radioaktiv, oder dat ut de Reklame weer allns blots Tüünkrom – oder dat Kind harr sick no 17 Mol Boden al oplöst.

Na jo. Denn mokt wi unse Kinner even wiederhen mit normole Seep rein…

*

## Bielefeld gifft dat gor ni

(Döschkassen ut'n August 2012)

Vörige Week is Neil Armstron je storben. De erste Minsch, de op'n Mond rümloopen is. Vör över 40 Johrn weer dat.

Nu gifft dat je overs Lüüd de seggt, dat he gor ni no'n Mond henween is. Un ook, dat överhaupt noch keeneen op'n Mond weer. De seggt, dat de Amis dat allns in' Fernsehstudio trech klabüstert hebbt, blots üm de Russen to argern.

Tscha, ick weet dat ni, bün je erst'n poor Johr no de Mondlandung op de Welt komen. Annerlei ob de nu würkli dorween sünd oder ni.

Verschwörungstheorien seggt man dorto. Dor gifft dat je'n ganzen Barg vun. To'n Bispill hett sick mol de Student Achim Held ut Kiel utdacht, dat dat Bielefeld ni gifft, weil he sülms noch nie in Bielefeld ween is un he ook keen kinnt hett, de mol dor weer. He hett dor mit 'n poor vun sien Mackers tosom seeten, un vun de is ook noch keen in Bieledfeld ween.
Ick weer dor ook noch ni, wenn ick dor so över nodink...

Bielefeld, hett de Held op jeden Fall seggt, is in Würklichkeit wull sowat as de Area 51 in de USA.
Veelicht, so hett he meent, dreept dor Marsminschen Vörbereidung för ehr Invasioon op de Eer oder de test' dor Ufos un all sowat.

Dat kunn ook angohn, hett he seggt, dat de Vatikan, de CIA oder de Mossad wat dormit to kriegen hebbt.

Den ganzen Tüünkrom hett he in't Internet stellt – för em weer dat nix wieder as een Spoß över all de annern Verschwörungstheorien.

Un wat is passeert: Dat geev tatsächli Lüüd, de dat glöövt hebbt. Besünners in't Utland.
So is dat mit düsse Theorien. Jümmers wenn een versöcht, de Wohrheit to vertelln, denn seggt de Verschwörungstheoretiker: „Dat is doch een vun DE DORSTEN! De wüllt ni, dat wi de Wohrheit rutkriegt..."

Na jo, no Bielefeld to fohrn un notokieken, wat dat nu dor is oder ni, is ni so schwor. No'n Mond to fleegen, un notokieken, wat dor al mol een ween is, dat is al recht wat fiegelienscher.

Overs wat is denn nu mit de Mondlandung? Ick kunn mi vörstelln, dat gor ni Neil Armstrong un sien Mackers no'n Mond hensuust sünd.
Veelicht is dat in Würklichkeit je Günter Wallraff ween, de sick as Neil Armstrong verkleed hett.
Un veelicht bringt he je noch'n Book rut: „Wat de NASA leever för sick behölt..."

Oder hebbt ju Wallraff un Neil Armstrong al mol tosom op'n Foto sehn? Ick ni...

\*

## Wonehm is de Rullsplitt afbleeven?

(Döschkassen ut'n Juli 2015)

Op de Bunnesstroot 5 mang Meldörp un Marn, dor hebbt se je jüst 'n Stück vun de Stroot nied teert. Is'n schmucke, platte Stroot worrn.

Keen Slaglöckers, keen Flickwark. Ganz schier is dat dor. Wohrschienli is dat in Momang dat beste Stück Stroot op de B5. Overs man dörft dor blots 70 fohrn.
Un ünner de Schillers wonehm 70 op steiht, is dat Woord „Rollsplitt" to lesen.

Nu heff ick mi dat je ganz genau bekeeken. Se hebbt je al de Streeken op de Stroot molt un allns, blots Rullsplitt is dor narms to sehn. Ni mol 'n Krömel. Nix.

Ick heff noch dacht: Düüvel, wonehm sünd se blots mit den Rullsplitt afbleeven? Is de klaut worrn? An Anfang vun de 70-Zone vun Meldörp ut, dor steiht 'n Dixi-Toledde. Veelicht hebbt se den Split dor je rinschüffelt.

Na jo, wech is de Rullsplitt jedenfalls. Un nu frog ick mi, mutt man ook 70 fohrn, wenn man 70 fohrn mutt wegen Rullsplitt de gor ni dor is?
Wenn to'n Bispill vör'n gefährliche Kurv 'n Schild mit 70 op steiht un dor ünner steiht „gefährliche Kurv" denn mutt man so lang 70 fohrn, bet de gefährliche Kurv vörbi is. Dat heff ick in de Fohrschool so lehrt.

Wat mokt man overs, wenn dor gor keen Kurv kümmt?

Ick heff denn mol bi de Polizei anroopen un frogt. De hebbt dat overs ook ni glieks wusst. „Wi meld' uns weller", hebbt se seggt.

Dat is anschiend gor ni so eenfach.

Hmm. Denn heff ick bi't Strootenbuuamt anroopen, un de frogt, wat man 70 fohrn mutt, wegen wat, dat gor ni dor is. De hebbt seggt: „Dat is 'n goode Frog."

Overs wo sick dat nu genau verhölt, dat wussen se ook ni. Se wulln jedenfalls mol tokieken un de Schillers weller insammeln. Un denn heff ick weller bi de Polizei anroopen, de harrn sick nömli ni vun sülms trüchmeldt.

Un düttmol is mi seggt worrn, dat man dor 70 fohrn mutt! Kunn je ween, dat an de Kant noch wat vun den Splitt liggen deiht. Un mit de Verseekerung harr dat anschien'd ook wat op sick.

Tscha. So oder so ähnli verhölt sick dat. Veelicht kunn man op de Schillers je in Tokunft schrieven: „70 – un dor ünner – „An un för sick wegen Rollsplitt, un sünst eenfach blots so". Denn weet man woan man is, ne...

*

# Bargenstedt is dicht

(Döschkassen ut'n Oktober 2012)

*Kinnt Ju Bargenstedt? Nä? Mokt nix. Düsse Geschicht harr sick nömli överall in Düütschland todreegen kunnt, wonehm jüst de Strootenbuu togang is. Bargenstedt is 'n Dörp, dat in de Hauptsook ut 'n lange Dörpsstroot besteiht, vun de 'n poor annere lütte Strooten afgoht...*

Sünd ju in de letzte Tied al mol vun Meldörp no Albersdörp fohrt? Ick meen över Bargenstedt, wat je de körtste Törn weer? Nä? Dat wunnert mi ni. Denn dat geiht je ook gor ni. Bargenstedt is nömli dicht. Ganz un gor dicht. Vun vör un vun achter. Wurr mi ni wunnern, wenn se dat Dörp ook vun boben dichtmokt hebbt.

Dat – wenn mol'n Stroot nied mokt warrn mutt – een Enn vun 'n Dörp afsperrt ward, dat is je to verstohn. Overs Bargenstedt schient mi je so'n Sünnerfall to ween.
Dor stoht an beide Sieden jümmers noch de Schillers: „Ab 11.06.2012 gesperrt."
11.06. dat schall Juni bedüüden. Un nu hebbt wi meist Wiehnachen. Is dor siet Juni keeneen ween, üm mol notokieken, wat dor los is?

Wat mokt se denn blots dor? Buut se dor de niede Mondraket? Kunn je angohn.

Oder mokt se dor so dösige Experimente. So as in de Area 51 oder in Bielefeld.
Dor sünd je jümmers Ufos ünnerwegens.

Man weet dat ni. Gediegen is dat overs, oder ni? Denn tomeist steiht je an düsse Schiller vör de Buusteden „Einfahrt frei bis Baustelle."

In Bargenstedt steiht sowat ni. Blots dat runne Schild, buten raud un binnen witt, un dat man af den ölmten Juni ni mehr dor hen fohrn kann.

Wat mokt denn all de Lüüd, de mol in Bargenstedt wohnt hebbt? Mööt de nu töven, bet de Schillers wech sünd? Ick meen, een, twee Lüüd kunnen vör so'n poor Doog ook bi mi övernachen. Ick kunn sünst ook mol in't Dörp frogen. Dor hebbt wiss noch 'n wülk'n Bett oder 'n Kanapee frie.
Is doch so, wenn de Tieden schlecht sünd, denn mutt man tosom holen, oder ni?

Een vun mien Mackers hett mol in Bargenstedt wohnt. Over de is dor wechtrocken. Schodt. Sünst harr ick den mol anroopen un frogt, wat dor ingang is.

Wenn Helmut Kohl noch in de Regierung weer, denn harr he wohrschienli seggt, dat dor jüst ‚Blöhende Landschopen' entstoh. Overs veelicht kriegt se je würkli blots'n niede Dörpstroot. Un so as dat utsüht, buut se de mit een eenzige Schüffel. Wi ward dat sehn...

*Dree Doog, achter dat düsse Döschkassen in de Zeidung stunn, weern de Schillers blangbi weller wech. Nu is Bargenstedt weller 'n Dörp in dat man rut- un rinkümmt, un anschien'd hebbt dat ook all de Bargenstedters överleevt...*

\*

58

# Wenn de Bost wat kost

(Döschkassen ut'n Januar 2012)

Ick heff je so'n lütte Schwäche för Fruunslüüd, ne.
So'n Fruu antokieken, dat is al wat. Ehr in Arm to nehm'
is ook'n feine Sook.

Overs dat gift je 'n grooten Ünnerscheed mang
Fruunslüüd un Mannslüüd. Un twor in de Definitschoon
vun Scheunheit.

Wenn 'n Mann to 'n Fruu seggt: „Du büst 'n schmucke
Deern, di mach ick lieden!" Denn kriegt ,Mann' entweder
'n „Danke to heuern oder: „Wo meenst du dat? Wat passt
di ni an mi?"
De richtige Antwoord op so'n Frogen is: Gau utneihn!
Dor kann man nix Richtiged op seggen.
Ick wurr mol tippen, dat 90 Perzent vun de Fruunslüüd
wat an sick uttosetten hebbt – nogelt mi overs ni op de Tohl
fast, dat künnt ook mehr ween. To groote Nees, to dicken
Mors, to wabbelige Been, to veel Falten, to lütte Bost.

Steekwoord to lütte Bost. So mennige Fruu löppt no'n
plastischen Medizinmann un lött sick Silikon in de Bost
insetten. Dat mutt man sick mol herkriegen. Silikon.
Dormit mook ick uns Bodstuuv woterdicht.

Ni in Droom keem ick dorop, mi dat Tüüch irgendwo
rinneihn to loten.
För'n Klempner mokt dat veelicht jüst noch Sinn.
Eenfach Fingernogel hochklappen, eenmol anstänni
drücken – zack, is de Bodstuuv woterdicht.

Na jo. Jedenfalls hebbt sick nu je 'n poor Dusend Fruunslüüd Silikon ut Frankriek inneihen loten, dat nix döcht. Dat Schiet platz' op un nu is de Larm groot.

Un dat Schärpste is: De Krankenkassen, also an Enn wi all, schüllt nu to'n grooten Deel betohln, dat de schedderige Krom wedder rutkümmt, de dor no mien Ansehn so un so ni rinheuert.

Wat is dat denn för'n Oart un Wies?

Wenn ick mi 'n Auto köff, dat no 1000 Kilometers vun' Fohrtüch to'n Standtüch ward – also in Mors geiht – denn goh ick no den Autoverkööper, de sehn mutt, wo he dat wedder trechbeugt.

Wenn ick no de Verseekerung löpp, denn krieg ick to heuern: „Wat wüllt se hier? Hebbt wi nix mit to dohn!"

De Kööper' un de Verkööper mööt sick doröver eenig warrn, heet dat denn. Fertig is dat.

Overs för de Tokunft leeve Fruunslüüd: wi möögt Ju ook ohn' Plastik ünnert Hemd lieden! Ganz Ehrli...

*

60

# Füüerwehr-Börgermeister

(Döschkassen ut'n April 2011)

Jeden Dag hört man in den Norichten wat över Statistik. Bi so und so veel Perzent is dat so un so und bi so un so veel Perzent is dat allns anners, heet dat denn jümmers.

Annerletzt hebbt de vun't Radio to'n Bispill rutkreegen, wo veel Totruun den Düütschen to ünnerscheedliche Professchoon hebbt. Dat meiste Totruun hebbt wi to Füerwehrlüüd (94 Perzent), hebbt se seggt.

De Buern hebbt dat dor op 69 Perzent bröcht. Jümmers noch mehr as Schoolmasters(60%). Autoverkööpers schient wi mit ölm Perzent ni so würkli to truun.
Dat is ni so dull overs Auto fohrn doht liekers 'n ganzen Barg Lüüd. Oogen to un dör oder wat? Reporters hebbt dat in de Statistik blots op 27 Perzent bröcht. Dat kann jo gor ni angohn...

Geiht over noch sieder: Uns Totruun to de Politikers, so heet dat in't Radio, is mit süss Perzent de lüttste Tohl in den Vergliek. Oha.

Overs wo kümmt de Dorsten denn op de ganzen Perzente? Hebbt se sick de utdacht? Mi hett keeneen dorno frogt. Hett Ju veelicht een Frogt?
Nä, dat mokt se anners. Dat mokt se mit Ümfrogen un opreeken un Plutimikatschoon un all sowat.

Overs bi de Statistiken is dat wohrschienli jüst so as bi de Horoskope. Steiht dor wat Gooded bin, denn glöövt wi dat je an un för sick gern.

Steiht dor wat Slechted bin, denn seggt wi, dat dat je so un so allns dumm' Tüch is.

Tscha, so is dat mit dat Glööven, ne...

Overs wi weern je ganz annerwegens. Nu is dat also so, dat no de Statistik vun Anfang Füüerwehrlüüd de sünd, to de dat Volk an meisten Totruun hett un dat de Politikers dat Wenigste an Totruun afkriegt.

Overs wat is denn, wenn nu 'n Politiker blangbi in de friewillige Füerwehr is.

Ick meen dor tummelt sick jo de een oder anner Gemeendevertreder.

Oder noch düller: Wat is wenn de Börgermeister vun 'n Dörp gliektiedig Füüerwehrhauptmann is? Kann man den Börgermeister denn mehr truun oder schull man bi den Füerwehrmann leever vörsichtig ween?

Ick glööv je, de harrn veelicht ook mol frogen must, wo veel Totruun de Düütschen to Statistikers hebbt. Dat hebbt de Statistikers – wat een Wunner – vergeten.

Oder anners seggt: De Wohrschienlikeit, dat de Statistikers vergeeten wurrn, dat Totruun to ehr eegen Professchoon uttowerten, leeg bi wiet över 130 Perzent.

*

62

## Een Milliarde

(Döschkassen ut'n Mai 2011)

As ick nock lütt weer un mien Öllern oder ehr Frünn' mi af un to mol twindig Penn tosteken hebbt, denn heff mi jümmers bannig freut. De blanken Groschens, de dormols noch in de Zigaretten-Schacheln ut'n Automat dorbi weern, de kunn ick in mien Sporswien steeken oder ick kunn mi 'n Ies dorför kööpen. Jo, för dördig Johrn hett man för twee Groschen noch 'n Ies kreegen...

Hüüt heet de Dingers Cent. Groschen seggt man dor ni mehr to, un dat Ies is ook recht wat dürer worrn.

Un so dull as fröher kunn ick mi ook ni mehr över teihn Cent amüseern, wat jo so veel as twindig Penn ween schall. Wat 'n Wunner, keem je ook al lang keen mehr, de mi dat Geld eenfach so tosteekt hett.

Wenn ick ganz ehrlich bün, heff ick gor keen richtiged Geföhl mehr dorvör, wat teihn Cent wert sünd.

Ick heff overs ook dat Geföhl dat mi dat ni alleent so geiht. In de Norichten heuer ick jümmers wat dorvun, dat de Banken so und so veel Milliarden hebben mööt un düt un dat Land brukt ook 'n poor Milliarden un so wieder. Dat kümmt mi so vör, as wenn dat överhaupt gor nix mehr is - een Milliarde.

Denn heff ick mi överleggt, kannst je mol bet een Milliarde telln. So fung ick an. Een, twee, dree, veer, man jümmers even weg. No 'n Tied wurr mi kloar, dat mi dat eenfach to lang duuert.

Dorüm heff ick mi utreekend, wo lang man bet no een Milliarde telln wurr. Un üm to'n Bispill 324.267.155 to seggen duert dat 'n beten mehr as veer Sekunnen.

Ick heff mi dat eenfach mokt un veer Sekunn' för jede Tohl ansett, denn bi een Milliarde sünd 90 Perzent vun de Tohln je grötter as 100 Million.

Un weil dat so is heff ick een Milliarde mol veer Sekunn' reekend, dat mokt veer Milliarden Sekunn'.

Un de Sekunn' heff ick in Stünnen, de Stünnen in Dog un so wieder ümreekend, un ick heff mi anstännig wunnert, wat för 'n lange Tied dorbi rutkomen is.

Ick heff al 'n ganzen Barg Lüüd frogt, wat se meent, wo lang man bet no een Milliarde tellt. Schoolmasters un Krögers, Kooplüüd und ook 'n poor Politikers. De een seggt, dat duert fief Stünnen, de anner twee Weeken. Een Muermann hett seggt „veelicht 'n Johr". Gor ni so slecht, overs liekers gaaanz kold. Bet no een Milliarde to tellen – blots tellen, nix anners, ni slopen, ni ut'n Takt komen un al sowat – dat duert 126 Johr!

Wat man in 126 Johr ni allns moken kunn. Man kunn 'n Breefkassen erfinnen, de anfangt to bell'n, wenn de Postbüdel dor 'n Reeken rinsteken will. Oder man kunn uns Katt verkloren, dat se eer Kralln buten wetzen schall und ni an de Sessels.

Wenn ick wat to seggen harr un de Finanzminister wurr mi frogen, wat he de Banken 'n poor Milliarden geven dörft, denn wurr ick seggen: „Dat doh man.

Overs erstmol tellst du mi dat vör."

*

## Relativ dösig

(Döschkassen ut'n Mai 2011)

Allns is relativ! Dat hett Einstein all seggt. Wat he dormit meent hett? Ganz eenfach: Wenn man sick wat ankieken deiht wat een ni gefallt, denn mutt man dat blots mit wat anners verglieken, dat mit desülbige Sook to dohn hett. Un zack – kummt een dat all veel beter vör. Ni begreepen?

Also: Twindig Hoor op'n Kopp sünd relativ wenig. Twindig Hoor in de Supp sünd relativ veel.

Over tööv mol – dat is jo beid's ni so scheun – ni för den, de vör'n Spegel steiht un för den mit'n Lepel in de Hand ook ni. Dat funktscheneert je gor ni mit dat Relativitätsdings. Dor mööt de Forschers wull noch mol bi to klütern.

Oder heff *ick* dat nu verkehrt mokt? Ick versöch dat noch mol: Siet Dingsdach hebbt wi je Sommer. Un dörteihn, veerteihn Grod Warms sünd relativ kold för de Johrestied. Dörteihn, veerteihn Grod in Winter sünd dorgegen relativ warm. Overs dat hebbt wi je ook all hatt.

Dat is je gediegen. Veelicht so: Wenn man in Dithmarschen to Huus is, brukt man relativ wenig Tüch to'n antrecken. Relativ lange Ärmels mööt de Sooken hebben un relativ woterdicht schulln se ween. Un relativ gau uttrecken mutt man ehr könen, för den Fall, datt de Sünn mol rutkümmt.

Overs – ick weet dat ni – mit den Relativitätstüddelkrom kom ick jümmers noch ni wieder.

Wat hett sick Einstein dorbi blots dacht? Oder hett he veelicht wat anners meent un ick heff dat ni mitkregen?

He hett wat seggt vun Lichtgeschwindigkeit und Gravitatschoon un all sowat. Ick glööv, ick heff dat mit de Relativität in't falsche Halslock kreegen.

Overs bi een Sook bün ick mi relativ seker: De Minsch mokt sick relativ veel Gedanken över düt un dat.

Wenn de Minsch overs in Sommer in Büsum op'n Diek steiht un sick doröver argert, dat he sick den Mors affreern deiht, denn nützt em ook de klögsten Gedanken relativ wenig. So'n anstännige Buddel Kööm wurr em dorgegen relativ veel hölpen.

Un nochwat: Einstein weer relativ kloog, overs nu is he relativ doot. Un wi – ick, de dat hier schrieven deiht un ju, de dat hier lesen doht – sünd relativ lebennig.

Kiek: Nu hebbt wi dat doch noch trechklabüstert. Allns is relativ!

*

## Gürokopter-Himmelfohrt

(Döschkassen ut'n Mai 2015)

Nu harrn wi je jüst Himmelfohrt. Mien persönliche Himmelfohrt heff ick overs al'n poor Dog eher achter mi bröcht. Vörigen Sünndag weer ick in Hopen, op'n Floogplatz, dor weer Floogdag.

Un dor schull ick för de Zeidung 'n beten wat över schrieven un 'n poor Biller moken. Un weil ick je al mol op'n Floogplatz weer, heff ick mi dacht, frog man mol, wat dat mögli is, mol mittofleegen, un vun boben to knipsen. Een Pilot ut Itzehoe hett „jo" seggt, „ick kann di op'n lütte Platzrunn mitnehm".

Un dat gung denn ook los. Blots he harr keen „normoln" Fleeger. He is mit'n Drachschruuver dor ween – „Gyrocopter" seggt man dorto, wenn man keen Düütsch snacken mach. Dat is so'n Mischung ut Helikopter, Rosenmeiher un Seepenkist, so as bi James Bond.

Twee Lüüd künnt dor bin sitten. Achter'nanner. Flünken sünd dor keen an. Boben is'n Rotor an'n duumdicke Well, de blots dör den Fohrtwind dreiht ward, un achter sitt 'n lütten Propeller an. En Doken gift dat keen, blots 'n lütte Schiev, an de man meist mit de Nees anstött.

Un 'n Kirl vun mien Natuur mutt dor mit 'n Schohleepel rinhebelt warrn. Un as ick ennli in dat lütte raude Dings seeten heff, wur mi langsom kloar, op wat ick mi dor nu weller inloten harr.

Wi sünd erstmol 'n poor Hunnert Meter över 'n Acker pultert un denn stunn' wi op de Startbohn. As dat losgung harr ick dat Geföhl, dat mien Oogen jeden Momang achter rutkomen wurrn.

Un denn weern wi mitmol 300 Meter hoch. Un dat hett schüddelt un vibreert. Gegen den Wind sünd wi meist trückwarts fohrt. Ick heff mi blang dat Knipsen de ganze Tied utreekend, wo lang wi wull falln wurrn, wenn de dorste Rotor nu afbreeken deh.

Bün mit mien Bereeknungen overs ni ferdi worrn, dorför harr ick to veel Bammel. Jungedi, dor kannst richti religiöös över warrn. Bün overs doch weller in een Stück op'n Grund ankomen. De Pilot weer in den Momang mien besten Fründ op de ganze Welt.

Nu weet ick ook, wat *dat* is. Mehr mutt ick dor ook ni över weeten. Nä, ick bliff leever mit beide Been an Grund. James Bond mutt ick so gau ni weller speeln...

\*

68

# Gifft nix to Eeten

(Döschkassen ut'n Juni 2011)

Lüüd, wat ist blots los bi uns? Vör 'n poor Johr hett man uns vertellt, dat wi keen Kohfleesch mehr eeten schulln. Dor weer BSE bin' un dor wurr man tüddelig vun, hebbt se seggt. Denn keem de Swienspest. Dor schulln wi keen Swienfleesch mehr eeten un uns impen loten. Denn gung dat de Höhner an't Fell: Vogelgrippe weer de Diagnos'.

Un nu schüllt wi de Gurken, Tomaten un Salot ni mehr kööpen. Kriegst de Schieteri vun un sogor dootblieven kanns doröver.

Dat is so as wenn man 'n Hund so'n anstännigen Knoken för de de Nees leggt un em seggt: „Dor geihst du mi ni bi!" Na jo, kümmt wohrschienli dorop an, wo good de Köter dresseert is.
Un worüm nehmt se dat, wat an Freetkrom jüst gefährli is, ni eenfach ut de Regole? Nä, dat kann man wieder kööpen, schall man overs leever liggen loten.

Fett un Zucker stoht je al lang ünner Verdacht, dat man dorvun dick warrn kann, Schmöken is ni good un Supen noch veel weniger.
Overs kööpen – jo kööpen kann man dat allns.
Man weet al gor ni mehr, wat man noch eeten schall.
Man weet ni mol mehr, wat man noch glööven kann: 2007 is dat ween, dor hett Papst Benedict XVI – Joseph Ratzinger, een ut uns Land – de Vörhöll afschafft. Ganz ehrli, is in de „Zeit" ut Hamborg notolesen. De Vörhöll

hett he afschafft. In de Vörhöll oder Limbus sünd all de Lüüd rinkomen, de ni döfft worrn sünd.

Un weil dat jümmers mehr ward, hett de Papst de Vörhöll afschafft. Zack!

Den Loden mokt wi dicht. Wat dat de Vörhöll överhaupt mol würkli geven hett, is annerlei. Nu is se op jeden Fall weg. Un ick glööv ni, dat de Papst de Vörhöll wedder opmoken ward, weil he de tokom Wohln winnen will.

Jo. So geiht man mit groote Problem' üm. Wat to unbequem ward, dat glöövt wi eenfach ni mehr. Un wat uns ni mehr in Krom passen will, dat ward afschafft.

Künnt se EHEC ni ook eenfach afschaffen? Vun BSE un so wieder heuert man je ook nix mehr. Hebbt se wohrschienli al afschafft.

Wi mokt uns de Welt, as se uns gefallt. Dat hett Pippi Langstump vör veerdig Jorhn al sungen. Un mi schient, dat 'n ganzen Barg Lüüd, de wat to seggen hebbt, dat jümmers noch singen doht.

Overs een Sook hebbt EHEC, de Vogelgrippe, Swienspest, BSE un de Vörhöll gemeen: Wenn de jüst aktuell sünd, denn hebbt de Zeidungen wat to schrieven – oder – wenn de Zeidungen doröver schrievt, denn sünd se mit mol aktuell. Dat kümmt ganz op'n Stantpunkt an...

*

70

## Ni schmöken is bannig düüer

(Döschkassen ut'n Mai 2014)

Hebbt ju al mol schmökt? Jo? Un schmökt ju jümmers noch? Ick heff dor jüst mol weller mit opholn. Oder seggt wi mol, eegentli ick bün noch dorbi dat optoholn.
Gesund is dat je ni, dat steiht je ook op de Tobakbüddels un Zigarettenkatongs. Jo, nä, is klor... Ick heff ook noch keen Schmöker kinn'lehrt, de dat Schmöken anfungen hett, weil dat „logisch" is oder so.

Annerlei – jedenfalls heff ick mi vör'n poor Dog in Kopp sett, dat Schmöken optoholn. Ick harr dat fröher al mol versöcht, is overs nix ut worrn. Dütmol heff ick overs de dicken Granoten opfohrt. Ick weer to Hüpnose.

So 'n poor Kollegen vun mi weern ook al dor, un bi de hett dat klappt. Na – heff ick dacht – denn man nix as hen. Hunnert Euro hebbt se mi an Ingang afknööpt un den stunn ick dor mit teihn, twölf anner Lüüd, de ni mehr schmöken wulln. Dree weern al dat tweete Mol dor, weil dat bi't erste mol ni henhaut hett. Dat mokt Moot!

Op jeden Fall gung dat denn so, dat uns dor bummeli anderthalf Stünnen 'n Fruu utschellt hett. Se hett uns vertellt wo blööd wi weern un schizosünstwat un dat wi spinnen dehn un al so'n krom.

Denn hett se so'n beten Ingelsmusik anmokt un uns vertellt, dat wi hüpnotiseert worrn sünd. Markt heff ick dor nix vun. Na jo. Ick weet je ook nix över Hüpnose.

71

Dree doog loter...

Ick seet in't Büro, de klock so even no'n Meddag. Un ick heff veelicht een Janker hatt. Ick glööv, wenn ick mi in den Momang een ansteekt harr, denn weer dat be beste Zigarett in mien ganzed Leeven ween!

Ick heff denn gau de Hüpnofruu anropen un vertellt wo mi dat gung, un dat de Hüpnerie bi mi ni mehr wirken deh. Un weet ju, wat de to mi seggt hett? „Denn klappt dat bi se ni. Deiht mi leed. Schüß!"

Ach wat. Dat dat bi mi ni klappen deh, dor weer ick sülms al achterkomen. Intwüschen heff ick mi noch so'n Medizin un 'n Book gegen schmöken besorgt – Autosuggestion.

Mit de Hüpnose tosom kom ick ünnern Streek op hunnertfööffti Euro. Hunnertfööffti Euro in ni mol 'n Week! Schall ick ju mol wat vertelln: Ni schmöken is seeker gesünner as schmöken – overs ook fief mol so düüer...

*Tscha, intwüschen heff ick dat Schmöken ook weller anfungen – un all mien Hüpnose-Kollegen jüst so. So'n ganz lütten Oogenblick heff ick doran dacht, dat mol mit Yoga to versöken. Overs Yoga heff ick je ook al erfolglos achter mi bröcht. Liekers lot ick ni locker – dat Opgeeven geev ick ni op...*

\*

## Augsborger Poppenkist

(Döschkassen ut'n Juni 2015)

As man dat mokt, is dat verkehrt. In Augsborg steekt se nu 'n jungen Kirl in Knast. Un worüm?
Nu pass op. Düsse Kirl, 19 Johr is he jung, hett Sex mokt. Ni alleent, sünnern mit sien Fründin – 18 is de.

Old genog schulln se also ween. Se hebbt dat overs in de Bod'anstalt mokt un ni bi ehr to Huus. In düsse Bod'anstalt gifft dat 'n Beriek, de schimpt sick „Erlebnisgrotte", un dor hebbt de beiden wohrschienli 'n beten wat beleeven wullt. Hebbt se je ook: Anzeigt sünd se worrn.

He mutt twee Weeken in' Bunker, se blots för 'n Weekenenn. Dorför mutt de Deern overs noch 35 Sozialstünnen afrieten.
De Jung hett noch versöcht sick ruttosnacken. Em weer blots de Bod'büx dohlrutscht, hett he seggt. Hett overs nix nützt. He harr man seggen schullt, dat he blots an Miegen weer. För't in't Becken Miegen hebbt se noch keeneen insteekt – anners weer op de Strooten nix mehr los.

Dat is wat. Jeden Dag jault de Demografen rüm, dat uns' Sellschop överöllert un de Nowuss utblifft. Un denn sünd dor ennli mol twee junge Lüüd, de wat dorgegen doht, de hannelt un ni blots sabbelt. Un wat mokt se mit de? Se bestroft ehr. Dor schallst erst mol achter stiegen.

Un weet ju wat de Richters in Bayern to düsse Strof seggt? „Zuchtmittel" seggt se dorto. Mi dücht, dat is tehmli genau dat Gegendeel.

De harrn man in Bio-Ünnerricht beter oppassen schullt. Overs nää, de mööt je allns beter weeten. De Kinners bringt de Storch un de Strom kümmt ut de Steekdoos...

Figeliensch is dat. Den ganzen Dag süht man in't Fernsehn, wo man Lüüd ümbringt – wo se mokt ward, dörft man overs ni wiesen. Erregung vun een öffentliched Ärgernis wurr dat ween, ward seggt.

Dösig. Wenn de Lüüd sick ni vermehrt ärgert se sick – doht de Lüüd dat doch, ärgert se sick liekers.

Dat mööt ganz truurige Lüüd ween dor in Augsborg.
Na jo, weenstern hebbt se noch ehr Poppenkist, anners harrn se wohrschienli gor keen Spoß mehr.

Veelicht steekt se de beiden Woterrötten je tominst för dat eene Weekenen, an dat se beide in Arrest sitten mööt, in desülbige Zell, denn künnt se dor je noch wat gegen den demografischen Wannel dohn – op Staatkosten...

*

# Delikate Statistik

(Döschkassen ut'n Februar 2016)

Ach, kiek an. In düsse unruhige Tied, hebbt sick ennli mol 'n poor Forschers Tied för wat Wichtiged nohm'. Se hebbt ünnersöcht, wo tofreeden wi Düütschen mit den Sex sünd, den wi hebbt – oder ook ni.

Un dor gifft dat anschiend regionol 'n Barg Ünnerscheede. In Rheinland-Pfalz sünd de Lüüd no düsse Studie an tofreedensten mit ehrn Sex. 26 Perzent vun de Rheinlänners seggt, dat ehr Sex „grootoarti" is. Licht dat an den Wien, den se dor anbuut? Man weet dat ni.

Wonehm de Lüüd an wenigsten tofreeden mit ehrn Sloopstuuvensport sünd, stunn ni in düsse Studie. Dorüm heff ick mol wieder rescherschiert: 2014 weern de Bremers noch an wenigsten tofreeden. Un op den vörletzten Platz leeg – na – jo, genau: Rheinland-Pfalz.

Hä? Wat weer dor denn los? In twee Johr hebbt de Rheinlänners sick vun ganz ünnen bet in de böberste Etosch... oh, nu harr ick meist wat seggt.

2014 leeg Nidersachsen ganz boben un Hamborg leeg direkt dorünner.
Sleswig-Hulsteen hett dat op Platz sex – äh – süss bröcht un dormit in't böberste Middelfeld. Över Dithmarschen heff ick keen extra Statistik funnen, overs ju künnt mi je vertelln, wo dat so bi ju löppt, wenn wi uns dat näste Mol seht. Denn mokt wi uns' eegen' Statistik. Af un to mutt man de Sook even sülms in de Hand nehm', ne.

So. Wat weer noch? Ach jo: De Bayern bruukt no de aktuelle Studie an leevsten Speeltüch to'n Sex. Wat för'n Speeltüch? Lego? Fischer-Technik? Poppen? Ick weet dat ni. Kann ick ook ni weeten. In Noorn ward nömli so good as gor keen Speeltüch to'n Sex moken bruukt.

Denn Stunn dor ook noch wat vun „Organismus" un so. Ach nä, Orgasmus schall dat heeten. 48 Perzent vun de Düütschen hebbt nömli jümmers 'n Orgasmus. Jümmers? Oh haueha.

Mit sowat machs je gor ni mehr ut' Huus gohn...

An längst duuert de Sex per Sitzung in Brandenborg. Aha. Denn ward mi ook klor, worüm se dor den Floogplatz ni ferti kriegt.

De liegt nöömli jümmers in de Puch...

*

# FBI, CIA & E.D.E.K.A.

(Döschkassen ut'n Juli 2013)

„Ick weet, dat ick nix weet" schall Sokrates de ole grichische Philosoph mol seggt hebben.

Dat is overs al'n ganze Tied her. Intwüschen will vun de Philosophen kuum een noch wat weeten, Griechenland is pleite un över dat Weeten un dat ni Weeten, weet je ook bald keeneen mehr bescheed.

Jümmers weller seggt de Politikers in de USA: „Wi weet vun gor nix wat af. Un de CIA weet ook nix."
Un denn keem toerst vun den Edward Snowden: „Ha, de Amis, de weet allns – un twor genau." Dorüm wulln se em nu an leevsten dat Fell över de Ohrn trecken.
An un för sick wüllt se dat jümmers noch.

De düütschen Politikers hebbt dor noch seggt: „Dat de Amis allns weet, dat hebbt wi ni wusst."
Nu seggt se: „Jo, wi hebbt an un för sick doch allns wusst, overs dat schall keeneen weeten."

Also in dat Dörp, in dat ick leeven doh, ne, dor weet so tehmli jedeneen över jeden annern so tehmli allns: Wo he no School ween is, wo he in de Lehr' weer oder ook ni, wat dat Auto, mit dat he ünnerwegens is, kost hett, mit keen he all in de Puch ween is un annern delikaten Krom. Ook wonehm he toletzt in Urlaub weer, wat in den Urlaub ni stimmt hett, wonehm he an arbeiden is, wo he inkööpen deiht, wat he wählt hett un so wieder un so wieder…

Dat geiht bi uns all ohn' Snowden, ohn' NSA, CIA, FBI, BND un wo dat allns heet.

Dat eenzige, wat dat bi uns gifft, dat so'n beten Ähnlichkeit mit'n Geheimdeenst hett, dat is uns Smeed, de Dörpskrog un de Dörpshöker. E.D.E.K.A. heuert sick je ook al so'n beten an, as'n Geheimdeenst.

Un wat man bi de dree Steeden ni to weeten kriegt, dat snackt sick op anner' Oarten in't Dörp rüm. Wenn man't so süht, denn is bi uns jeden Dörpsball nix wieder, as'n „konspiratived Dreepen".

Tscha, un wat in de Smeed, in Dörpskrog un bi'n Dörpshöker ni vertellt ward, un wenn dat ook ni op'n Ball vertellt ward, denn is dat entweder ni wohr oder annerlei. Uns' Dörp sitt bet boben hen vull mit Snowdens.

Na jo, wat vun natschonaled Interesse is in unsen Dörpsfunk tomeist ni to heuern, overs wi weet all tosom ganz genau bescheed.

Un wegen all dat mutt ick seggen, dat mi de ganze Geheimdeensttüddelkrom veels to wichti nohm' ward.

„Nix", as dat bi Sokrates heet, weet ick nu jüst ni. Overs tominst dat meiste weet ick ni – un dat's je all 'n Barg. Un över dat, wat ick ni weet, mutt ick mi ook ni opregen. Wat'n Glück!

*

# Diiethmarscher „Understatement"

(Döschkassen ut'n August 2011)

Veele vun de ganz groten un ganz wichtigen Erfin-
nungen, so as dat Radio, dat Auto, dat Elektronen-
mikroskop oder dörchsichtige Ünnerbüxen för Frunslüüd
kümmt överhaupt gor ni ut Dithmarschen.
Dat hört sick komisch an, is overs so.

Ick glööv, dat kümmt dorvun, dat wi ni jümmers glieks
över allns snacken doht, wat uns so infallt. Un dat küümt
ook dorvun, dat wi ni jümmers glieks allns mokt, woöver
wi *ni* snacken doht.

Wohrschienli kümmt vun uns in Würklichkeit de
allergröttsten Erfinnungen, de dat in de Weltgeschicht
geeven hett. Dor weet blots keeneen wat vun.

Annerletzt erst heff ick mit een vun mien Mackers tosom
seeten, de harr so'n groten Infall – glööv ick tominst. Een
vun de ganz bedüdenden Ideen mutt dat ween hebben.

He hett sick an't Kinn schüert - denn hett he de Ogen
so'n beten tosomkneepen un „hmm" mokt. Bi dat Hmm
hett he ganz even nickt. Weer kuum to sehn dat Nicken,
wenn man ni genau hinkeken hett.

Un denn hett he seggt: „Ach jo. Denn will ick mol
langsom no Huus, ne."
Jungedi, heff ick dacht. Mit so'n klooge Lüüd kümmst ni
jeden Dag tosom.

Wenn man ganz veel op'n Kassen hett, dor overs gor ni över snacken deiht, denn seggt man dorto in England „Understatement".

Bi uns hebbt wi gor keen Woord dorför. Dat heet – wohrschienli hebbt wi een veel betered Woord för sowat. Hett blots noch keeneen över snackt.

Ick glööv, vun uns kunn sick de Rest vun de Welt 'n ganzen Schwung afkieken.

Denn wurr dat hüüt veelicht keen Autos, Radios un al sowat geven, overs ook keen Börsenindex, Överhang-mandate un Nordic Wakling.

Harrn wi uns 'n lütt beten mehr inmischt, denn wurr dat 'n Barg Larm överhaupt gor ni geven. Ganz eenfach, weil dat veele Sooken, över de wi uns jeden Dag in de Flicken hebbt, gor ni geev. Un wenn mol een so'n dösige Idee harr, denn wurr he do so un so ni över snacken.

Wi harrn uns blots eenmol an't Kinn schüert, de Oogen so'n lütt beten tosomknepen, „hmm" mokt, un denn weern wi no Huus gohn.

Mit twee vun mien Mackers weer ick mol in Hessen. Dor seet een blang uns de weer an Rappeln as man een. To Woord weern wi sülms denn ni komen, wenn wi't wullt harrn. Denn hett he mitmol 'n Anrop op sien Acker-schnacker kreegen un seggt: „Ich sitze hier mit drei Diietmarschern – die sagen gar nichts."

Wenn de wusst harr...

*

80

# Pandbuddels wechbringen

(Döschkassen ut'n September 2012)

An un för sick bün ick je 'n gedulligen Kirl, ne.
Also tominst bi anner Lüüd kann ick gern mol tööven.
Wo ick overs gor ni mit trechkom, dat is, op Technik to
tööven. Besünners op so'n Technik, de uns dat Leeven
„lichter" moken schall.
Lichter, gauer, beter – wat weet ick.

To'n Bispill bi't Pandbuddels afgeven. Fröher hett man
de Buddels an de Kass övern Tresen langt, de wurrn gau
notellt un denn gung dat wieder in Text.

Hüüt mutt man de Dingers in'n Automat' rinsteeken.
So'n Dings mit 'n lüttet, runned Lock för de Buddels
boben un 'n gröttered veerkantiged Lock ünnen – dor
schall man de Kassens rinsteeken.
Un denn is dor so'n lüttet Fernsehn an, wo an Anfang
opsteiht „bitte Flaschenboden zuerst eingeben". Finnen
kann man den Apparot ganz licht – mit de Nees. De stinkt
nömli, as'n Dörpskrog an Niejohr.

So, un denn geiht los. De erste Buddel mit de Ünnerkant
toerst rin in dat runde Lock. De ward dor bin denn hen- un
herrullt, ward Klassifizeert, meeten, wogen un all sowat,
un denn kümmt de Buddel weller rut. Op den Bildschirm
steiht denn: „Flasche nicht erkannt."

Woso, ni kinnt? Is doch'n Buddel oder wat? Tööv mol,
is dat veelicht gor keen Pandbuddel? Doch, klor!

Also nochmol rinsteeken. Bi't drütte mol, geiht dat denn ook endli. Un denn kümmt de näste Buddel un noch een, bet de Kassen seggt: „Flaschen bitte langsamer eingeben."

Jo, jo, will ick je gern, overs dor stoht noch teihn anner Lüüd achter mi, de ook wat in di rinsteeken wüllt.

Un denn kümmt de grote Momang: De letzte Buddel, de man mitbröcht hett schall rinsteekt warrn. Dat lött sick je dinken, dat dor nix ut ward. De Kassen fangt nömli jüst in so'n Oogenblick an to piepen un op den Bildschirm steiht denn: „Leergutbehälter voll – bitte Personal rufen."

Intwüschen stoht al föffteihn Lüüd achter di to tööven. Un de kiekt di an, as wenn se kort dorvör sünd, di den Hals ümtodreihn.

Wenn man Glück hett, kümmt denn tatsächli een vun't Personal anschlurrt, un fangt an to ermiddeln, wat de Apparot hett: Is dat Poppier för de Bons leerig? Nä. – Is dor 'n Buddel verdwarst steeken bleeven? Nä. – Och so, dat Loopband achter den Kassen is vull. Denn löppt de Dorste eenmol rund üm't Huus no de anner Sied un packt de Buddels vun't Band.

Un no'n Veddelstünn, is man denn – mit noch mehr Glück tatsächli trech mit sien fief Buddels.

Na jo. Tominst is dat 'n goode Utreed, wenn man as Schööler to loot to'n Ünnerricht kümmt: „Deiht mi leed Herr Schoolmaster, ick kunn ni fröher komen, heff noch Pandbuddels wegbröcht..."

\*

## Faltige Angelegenheit

(Döschkassen ut'n August 2015)

„Man süht se ehr Öller je gor ni an." Dat kann 'n Kompliment ween – kann overs ook jüst dat Gegendeel ween. Dat küümt ganz dorop an, wat de, de dat seggt, dinkt, wo old de is, to den he dat seggt. Un denn kümmt dat ook noch dorop an, wo old de, to den de anner dat seggt hett, würkli is.

Dat is fiegeliensch, ne.

To mi hett mol een seggt: „Wat? Ich heff dacht, dat du veel öller büst." Dörteihn Johr öller hett he mi schätzt. Dörteihn Johr!

So, un nu sünd wi bi't Thema: Falten. Worüm kriegt de Minschen, wenn se öller ward Falten? Wat schall dat?

In söben Dog, seggt man, hett de leeve Gott de Eer mokt. De ganze Eer. Allns, mit Stump un Stöhl. Mit Müüs dorop un Kateekers un Planten un Bloom un Dag un Nacht, Kaffe un Kööm un allns wat so op de Eer rümschnurrt.

Overs dat de Minschen – de Kron' vun den leeven Gott sien Schöpfung – Falten kriegt, wenn se öller ward... Ick weet ni, dor hett Gott Murks mokt.

För nix overs ook genau gor nix sünd de Dingers to bruuken. Veelicht kunn man dor je wat mang klemm' – sien Utwies oder so. Overs dat süht je ook no nix ut.

Wat ook angohn kunn, is, dat de leeve Gott Schwäche för plastische Chirurgen hett, de verdeent sick nömli dumm un dusseli an de Falten vun anner Lüüd.

Mennig een ward dat Fell so stramm trocken, dat em de Töhn hochkümmt, wenn he grient.

Wo kümmt dat blots mit de Falten? Wasst de Huut wieder, wenn de Rest al utwussen is? Wenn man blots old genog is, denn kann man meist beide Hannen in dat Fell vun een Hand rinsteeken. Overs woför?

Sien Leevdag ackert man sick den Puckel krumm un scheev, dormit man in't Öller noch wat vun't Leeven hett, un wenn man denn ennli op Rente geiht, is man al meist 'n Fall för de Geisterbohn.

Un worüm dat so is, dat weet ick ook ni. Overs wenn ick nu mit goode 40 Johrn op Midde 50 schätzt warr, denn wurr ick no 'n Dreesatz mit 100 utsehn, as weer ick 132,5 Johr old. Un wenn dat erstmol sowiet is, un to mi seggt een: „Möönsch du sühst overs ut, as wenn du 132,5 Johr old büst", denn segg ick dor ook nix mehr gegenan. Veelicht kom ick je noch in't Guinness-Book...

*

84

## Radiologie

(Döschkassen ut'n September 2011)

Annerletzt reep mi een vun mien olen Schoolkollegen an. He harr sick 'n nieded Radio för sien Auto köfft.

So'n ganz dullet Dings schull dat ween. Mit Bildschirm an to'n Fernsehn un Video kieken, Navigatschoonsapparot un al sowat.

Blots de Apparot wull ni so as mien Macker dat wull – ook dat Radio vun dat Radio hett nix seggt. „Dat steiht dor allns op Ingelsch. Dat kann je keen Minsch verstohn. Machs mi mol hölpen?" Ganz vertwiefelt hett he sick anheuert, as he mi dat frogt hett. He weer al meist sowiet, dat he mit den Hommer op den Kassen kloppen wull.

Na, ick denn hin no em. Mit Ingelsch kom ick ganz good klor, un so schwor kunn dat je an un för sick ni ween mit den dorsten Dudelkassen.

Wat ick mi so licht dacht harr, keem denn ganz anners. Erstmol heff ick em frogt, wat dat 'n Handbook för dat Dings geev. Geev dat. Dat Handbook för den Kassen weer op Ingelsch. Blots so'n Ingelsch harr ick vörher noch nie sehn. So'n poor ingelsche Wöörd weern dor twor mang, Ingelsch weer dat overs ni – tominst ni dat Ingelsch, wat man in England so snacken deiht.

Ick kunn mi denn overs tominst tosomriemeln, wo man den Apparot op Düütsch umstellen kunn. Dat harr nömli so'n Tatsch-Skreen, also so'n Bildschirm, wo man direkt antippen kann, wat man will.

As ick op den Bildschirm op „Deutsch" tippt harr, stunn dor op eenmol allns op Chinesisch. „Chinese" stunn 'n lütt Stück över „Deutsch".

Anschienend heff ick vörbi tippt. „Sowiet weer ick ook al mol", hett mien Kolleg dor seggt.

Nu wusst blots keen vun uns, wat „Sprok ümstelln" op Chinesisch heet. Also: Batterie afklemmen un dat ganze nochmol vun vörn.

No dreemol Batterie afklemmen un werr anslüten hebbt wi dat Dings den endli dorto bröcht, Düütsch mit uns to snacken. Un wat för een Düütsch dat weer. Dor kunnst di Hannen un Fööt an warmen.

Mien Macker hett erstmol 'n DVD in den Kassen rinsteekt. Dor fung ook wat an to suusen un to brummen. Overs denn keem de Noricht „Bitte stoppen Video Player ansehen". Aha! Wat schull dat denn heeten? Dat Düütsch vun den Apparot weer ni beter as sien Ingelsch.

Wi hebbt noch gor keen Bild sehn un nu schulln wi opholen den Kassen antokieken? Mit 'mol gung dat Dings vun alleent ut. Wi hebbt em wedder anmokt und denn keem de Noricht „Willkommen zu Ihrer Unterhaltungs Gerät". Jo, Langewiel kummt mit so'n Kassen ni op.

No twee Stünnen hebbt wi dat doch noch trechfummelt. Overs dat nächste Mol, wenn ick een mit sien „Unterhaltungsgerät" hölpen schall, ward ick mi dat tweemol överleggen...

*

# Wo veel sünd wi eegentli?

(Döschkassen ut'n Juli 2011)

Wi Minschen seggt över uns sülms je gern mol, dat wi de „Kroon vun de Schöpfung" sünd – ook wenn ick af un an dat Geföhl heff, dat in düsse Kroon de een oder annere Tacken fehlt.

Dat gifft wohrschienli keen Leev'wesen, dat de Welt mehr verännert hett as wi. Un wohrschienli gift dat ook keen Leev'wesen, dat sick dat Leeven sülms so schwor mokt as wi.

Wi ward ni mööd, jümmers frische Methoden to entwickeln, uns gegensiedig in Mors to patten. Keen günnt den annern dat Swatte ünner de Fingernogels. Jüst dat wi so even krabbeln künnt, klaut wi de annern Kinner dat Speeltüch. Un ünnern Streek blievt dat bi mennige vun uns so, bet se in't Gras bieten doht – un noch länger. Brukst blots een frogen, de al mol 'n Beerdigung betohlt hett.

Overs wo veel gifft dat överhaupt vun uns?
Good söben Milliarden schüllt wi ween. Dat heuert sick gewalti an, blots ünner düsse Tohl künnt sick de Meisten gor nix vörstelln.
Ick heff mol weller noreekend – pass op: Wenn man Minschen ganz dicht tosomschuuven deiht, denn künnt op een Quadrotmeter so bummeli veer Lüüd stohn.

Stellt man nu söben Milliarden Minschen so – dicht an dicht – tosom, denn kümmt dorbi 'n Fläche vun 1,75 Milliarden Quadrotmeter oder 1750 Quadrotkilometer rut.

Jümmers noch keen Vörstellung? Na denn wieder: Dithmarschen hett een Fläche vun 1400 Quadrotkilometer! Dat heet, wenn man nu noch een Drüttel vun Steenborg an Dithmarschen anbackt, denn kunn man op düsse Fläche, all de Minschen ünnerbringen, de dat överhaupt gifft. Na jo, ick will de Steenborger nu keen Bang moken...

Wenn man dat anners seggen will: All de Minschen de dat gifft, kunn man op de Fläche vun Berlin, Hamborg un Bremen ünnerbringen.

Dat is veelicht ni jüst kommodig so rümtostohn, overs dat mokt dütli, wo wenig wi eegentli sünd.
Dat sünd man jüst 0,001 Perzent vun de Fläche de dat op de Eer gifft. Na – klingelt dat?
An un för sick deiht dat gor ni nödig, dat wi uns so wichti nehm doht.

Wenn wi ni so veel Larm moken un uns gegensiedig drangsaleern wurrn, denn wurrn wi gor ni wieder opfalln. Un wenn mol Außerirdische no de Eer kümmt, denn finnd de uns veelicht gor ni glieks.

Veelicht mokt wi jüst dorüm so veel Radau. Overs an un för sick mutt ick gor keen Außerirdischen kinnenlehrn. Keen weet, wat dat erst för Spitzbooven sünd...

*

## „Mauterie" op de Bunnesstroot

(Döschkassen ut'n September 2014)

*Dat Sommerlock 2014 weer vull vun de PKW-Maut, de de Verkehrsminister mol inföhrn wull un denn mol weller ni – mol blots op de Autobohn, denn överall un denn op de Autobohn un Bunnesstrooten. Dormit weer dat je gerecht un ni jedeneen harr Maut betohln musst. So hett dat tominst heeten. Overs wo fiegeliensch dat is, sick blots blang de Autobohns un Bunnesstrooten to bewegen, dat heff ick mi mol genauer bekeeken...*

Na sühst du. Nu wüllt se de Maut je doch ni op all de Stooten inföhrn, sünnern blots op de Autobohn' un op de Bunnesstrooten. Hett de Verkehrsminister nu doch noch 'n Insehn mit uns?

Dat heet denn je anschiend so veel, as dat man keen Maut betohln mutt, wenn man keen Autobohn' un keen Bunnesstrooten nutzen deiht, ne...

Mol sehn, dat wüllt wi mol dörspeeln: Ick mutt af un to mol vun Windbargen no Heid' fohrn.

De Hauptstoot dör Windbargen is 'n Kreisstroot, de K22. Vun de beug ick af op'n Lannesstroot, de L138 no Meldörp. Un de föhrt denn op de – ach Schiet, de B5 kümmt denn. Dörf ick ni. Also ümdreihn.

Över Süderhastedt geiht' ook ni. Dor kümmt man jümmers an de B431 ran. Un de geiht bet Meldörp – dor is sotoseggen dat Bunnesstrooten-Bermudadreeck vun

89

Süderdithmarschen, wenn man no Heid' will. Kümmst ni dör. Dat bedüüd: Wieder no Süden. St. Michel stellt keen Gefohr dor – jümmers wieder op de L138, noch dör Eddelak hendör, bet no Brunsbüttel. Dor gifft dat nömli 'n Trick: Kort vör Brunsbüttel fohrt man op de L138 op'n Brüch *över* de B5 röver. Ha!

Denn geiht dat so'n beten dör de Stadt bet an Elvdiek ran. Un denn jümmers ünnern Diek bet Niefeld, vun dor no'n Kaiser-Wilhelm-Koog, op de L143 noch dör Kronprinzenkoog, bet kort vör Eesch op de K20.
Wieder ünnern Diek un 'n Oogenblick loter geiht dat af Richtung Wöhr'n (L153), in Ketelsbüttel rechs af (L238), denn weller links dör Lieth (K28) un denn noch vör de B203 in Lohe no Heid' afbeugen.

In de Bloomstroot in Heid' is denn Fierobend. Dor is man weller an de B5. Overs tominst is man in Heid'. Denn kann man ook noch'n Stück loopen, no so'n lange Fohrt. Dat sünd nömli 74 Kilometers oder meist annerthalf Stünnen, een Tour – normol 20 Kilometers un 25 Minuten. Overs Maut mutt man even keen Cent betohln.

Weet ook gor ni, wo dat gohn schall. Wüllt se an jede Inmünnung op de Bunnesstrooten Mautstatschoon' oppbuun? „Gooden Dag, Kroll mien Noom. Ick wull gern 150 Meters, bet to de näste Krüzung op de B5 fohrn…" Wat'n Tüünkrom, ne...!

*Intwüschen wüllt se de Maut nu doch weller op all de Stooten inföhrn – de hebbt sülms markt, wat för'n Tüünkrom dat is...*

\*

# Afgas-Sorgen

(Döschkassen ut'n Oktober 2015)

*Oh jo, de Afgas-Schandol bi VW, dat weer un is je wat för de Norichen. Jümmers weller ward uns vertellt, wo schlimm dat üm VW steiht un wat för Banditen dor an arbeiden sünd.*
*As ick düssed Stück schreeven heff, weer de Schandol noch ganz frisch – vörbi is he overs bet hüüt noch ni...*

Tscha, düsse Dog brukt de Winterkorn wohrschienli den een oder annern Dubbelkorn, wa.

Overs worüm överhaupt. Wat weer dor noch los?
Ach jo, bi de Diesels vun VW hebbt se schummelt. Mit dat Afgas hett dat to dohn. Un nu fiert de Presse sick, as harr se den Düüvel persönli bi't Klau'n fotografeert.

Weil, dat is je ansünsten so, dat dat op de Welt blots anstännige Lüüd gifft, de ehr Novers blots dat Beste wüllt, de jümmers blots de Wohrheit seggt un in Freeden leevt un de de Bleum ut de Ohrn wassen doht un de Sünn den ganzen Dag üt'n Mors schient.

Dat is bi all de Minschen so, de dat op de Eer gifft. Allns Engels. Bet op – genau – bet op düssen Martin „Luzifer" Winterkorn un noch 'n poor vun sien Bedeensteten ut de VW-Höll.
Dat weer je sogor Adolf Hitler, de 1934 den Grundsteen för dat VW-Wark in Wolfsborg leggt hett. Denn wunnert

mi ook ni, wat dor nu bi rutkomen is: De Manifestatschoon vun de Düsterkeit op düsse Welt.

Jo. Dat hebbt se nu allns rutfunnen. Un dat weern je de US-Amerikoner, de dat rutfunnen hebbt. De hebbt markt, dat de Diesels gor ni so rein sünd, as dat in Prospekt steiht.

Dor hett ook 'n ganzen Landkreis in Texas VW verklogt. Weil dor nömli 6000 VW Diesels verköfft worrn sünd (hebbt se notellt), is de Luft dor nu ganz schedderi worrn. Overs dat hebbt se erst markt, as dat mit de VW-Trixerie in de Medien komen is.

Also Texas, dat is je dor, wonehm se so veele Löckers in de Eer bohrt. Un ut de Löckers holt se denn Öl rut. Un ut dat Öl ward ook Diesel mokt.

Wenn ick Texaner weer, denn harr ick mol ganz gau all de Öl-Löckers dichtmokt, denn: Ohn' Öl keen Diesel, ohn' Diesel keen stinkige VW's, ohn' stinkige VW's keen schedderige Luft. So eenfach ist dat.

Overs op dat Öl künnt de Texaners leider ni verzichen. Dor ward nömli ook Benzin vun mokt. Un dat brukt se je för ehr V8-Autos de sick 25 Liters un mehr op Hunnert Kilomerters wechneiht.

Jo, so'n VW, de brukt sowat bi fief Liter Diesel op Hunnert. Overs Diesel stinkt je veel schlimmer, wenn man dat in'n VW verbrennt, as fiefmol so veel Benzin in so'n V8 Big Block.

VW kann nu inpacken. Man good, dat se de bi'n Mors kreegen hebbt. Bald is de Welt ennli weller in Ordnung...

*

92

## Dat Strümp-Paradoxon

(Döschkassen ut'n Februar 2015)

Doch, ick hölp to Huus.
Mol pack ick de Spöölmoschien ut, un kooken doh ick
ook af un to. Würkli. Jo, un mit Bessen, Leuwoog oder
Huulbessen kinn ick mi ook 'n beten ut.

Blots mit dat Tüch waschen heff ick dat ni so. Dor
kümmert sick mien Madam üm. Ick ward dor ni kloog ut.
Dat Helle dörf ni mit dat Düstere tosom, dat Geele ni mit
dat Blaue, düt is Kooktüch, dat mutt kold wuschen warrn,
un all sowat.

Uns Waschmoschien hett je ni mol mehr 'n Knoop to'n
Dreihn, so as dat fröher mol weer. Dor sünd blots Tasten
an un 'n Digitalanzeig', de wat anwiest, wat ick mien
Leevdag noch ni heuert heff. Dat Dings is figelienscher to
bedeen as'n Mondraket'.

Nä, nä, ick bün würkli froh, dat mien Seute sick dorüm
kümmert. Overs bummeli eenmol in Monot gifft dat Larm
wegen düsse Regelung.

In de Slopstuuv heff ick 'n Schuuv in't Kleederschapp,
wonehm mien Ünnerbüxen un mien Strümp bin sünd.
Tscha, annerletzt harr ick dat mol weller bannig hilt, keem
ut de Bodstuuv un wull mi gau antrecken.

Ick trock mien Schuv mit de Ünnerbüxen un de Strümp
op, kunn overs blots de Ünnerbüxen sehn.

Heff allns vun Stüüerbord no Backbord, vun boben no ünnen dörwöhlt. Keen Strümp to finnen.

Mien Puls gung al op 200 dohl. Dor heff ick no ünnen ropen: „Schaaatz!" Nix. Nochmol: „Schaahaaatz!" Keen Antwoord. Bi't drütte Mol keem: „Jo?" „Ick heff keen Strümp mehr!" „Doch", säh mien Seute, „in dien Schuuv." „Nää!" „Doch!" „Näää!" un denn keem se no boben, trock mien Schuuv op, un hett dor een Poor Strümp no't annere rutholt. Wo se dat mokt hett, is mi 'n Rätsel.

Jedenfalls leegen toletzt negen poor Strümp op't Bett. „So", säh se, „keen Strümp? Wenn Du ni utwannern wullt schulln de wohl langen. Oder mööt dor 25 Poor anstatt negen bin ween?"

Ick wusst gor ni wat ick seggen schull. Un dorüm wull ick hier – veelicht ook stellvertredend för all de Mannslüüd, de dat ähnli geiht – 'n Lanz' breeken un mol danke seggen: Danke, leeve Fruunslüüd, wie köönt ni ohn' Ju trechkomen. Al gor ni, wenn dat üm uns Strümp geiht…

*

# Banken-Stresstest

(Döschkassen ut'n August 2011)

Wenn man Geld wesseln will, denn geiht man an Besten no de Bank. Dat heff ick mi tominst so dacht as ick annerdoogs in Brunsbüttel dree Föfftiger lütt hebben wull.

Fief Twindiger un fief Teihner schulln dat warrn.
Na, ick denn los no de erste Bank, de mi in Sinn keem. Dor stunnen al dree Lüüd to tööven. Hett keen Veddelstünn duert, dor keem ick al an de Reeg.

„Moin", heff ick seggt, „ick wull 'n beten Geld wesseln." De Schiens harr ick noch gor ni ganz ut de Jopp wöhlt as ick frogt wurr, wat ick denn ook 'n Kunn' bi düsse Bank weer.

„Dat ni", heff ick seggt, „overs ick will je keen Kredit opnehm sünnern blots 'n beten Geld wesseln.".
Nä, ick mutt 'n Kunn' ween.
Ansünsten kunn mien Geld ni wessel warrn. Ick heff dacht, de Kirl wull mi för 'n Narrn holen.

Overs de hett dat ernst meent. Zack - stunn ick weller op de Stroot un harr jümmers noch dree Föfftiger in mien Knipp. Kunn dat noch gor ni so recht begriepen.

Na jo. Denn af no de nächste Bank. Twee Strooten wieder wusst ick noch een. Dor heff ick blots fief Minuten töven musst. Ick harr je wat lehrt und heff glieks togeven, dat ick keen Kunn' bün, dat ick dat overs ganz fründli finnen wurr, wenn ick 'n beten Geld wesselt kriegen kunn.

„No Klock ölm heff ick keen Kass mehr", heff ick dor vun de Angestellte to weeten kreegen. Un de Klock weer fief no ölm. Ick schull dat man 'n Bank wieder versöken.

So langsom wurr mi klor, wonehm dat Woord Angestellte herkümmt. De hebbt sick overs ook anstellt...

Annerlei. Ick denn wieder no de drütte Bank. Dor ankomen musst ick bummelig teihn Minuten töven un harr Tied mi ümtokieken. Een Angestellten weer an Telefoneern, 'n annern weer an Tippen un de Drütte hett de beiden anschiend tokeeken. Dormit hebbt de dree so veel to dohn hat, dat se mi ni bedeen kunnen.

De Fruu an Schalter hett mit 'n annern Fruunsminsch snackt. Un as ick denn – mol wedder – an de Reeg weer, much ick al gor ni mehr frogen.

Overs dor hett dat tatsächli klappt. Weil ni so veel los weer, wull se mol 'n Utnohm moken, hett se meent.

Jungedi. Meist 'n Stünn üm dree Föfftiger lütt to kriegen – mit de Scheer weer dat gauer gohn.

Overs hett ook sien Gooded: Nu weet ick ganz genau, wat 'n Banken-Stresstest is, wenn se dorvun mol weller in't Fernsehn snackt! Man lehrt je ni ut, ne...

*

## Rieskoker

(Döschkassen ut'n November 2012)

Dat gifft Wöörd, de mol'n Tied lang in Mood sünd. Un denn – so'n poor Johr loter – kinnt man de al gor ni mehr. Een so'n Woord is „Rieskooker" also Reiskocher op Hochdüütsch.

Rieskooker hebbt de grooten Jungs, lang bevör ick Motorrad fohrn dörfst, to Motorrööd seggt, de ut Japan keem'. Dat hebbt se denn so'n beten affälli meent. Motorrööd hebbt se seggt, kümmt ut Düütschland Italien oder Amerika. Wat ut Nippon keem, also even Rieskookers, dat weer nix för de.

Dat Woord is al so lang ut de Mood, dat ick dat al meist vergeten harr, so as Wählschiev oder Bandsolot.
Bet vörige Week. Dor heff ick nömli mit mol vör so'n Rieskooker stohn. Dat weer overs keen Moped. Dat weer'n Pappkatong. Un dor stunn op: „Reiskocher".

Dor weer ook'n Bild op to sehn. Wat man dor sehn kunn, weer'n Kookputt. As ick dat sehn heff, weer ick erstmol an Staun', denn ick harr dacht, Rieskooker is'n Woord, dat sick de Jungs vun dormols *extra* för japansche Motorröd utdacht harrn un för dat dat ansünsten gor keen annere Bedüüdung geev.
Kunn je ni ohn' wat dat würkli sowat as Rieskookers gifft. Dat Ganze hett sick in'n Supermart afspeelt.

As ick dat mit dat Staun' denn trech harr, fung ick luud an to lachen.

Een Fruu, de blang mi stunn, keek mi ganz dösig an. De hett wohl dacht, ick weer mit 'mol mall worrn oder sowat. Mokt overs nix.

Beten loter, as ick weller in mien Auto sitten deh, överkeem mi dat mit den Rieskooker nochmol. Dat Dings gung mi ni mehr ut'n Kopp. Wat to'n Düvel, heff ick dacht, mokt ut'n Kookputt, 'n Rieskooker?

Is dat'n Kookputt, wo blots Ries in gor ward? Oder ward ut allns, wat man dor rinsmieten deiht, achteran Ries?
„Gifft Ries hüüt." „Oh nä, al weller?" „Jo, deiht mi leed, de Kantüffelkooker is in Dutt..."

Ick glööv, dat is blots'n Trick, üm mehr Kookpütt ünner de Lüüd to bringen. De hebbt denn foffteihn Kookpütt in't Schapp: Kanttüffelkookers, Arfen- un Wuddelkookers, Rot-, Greun- un Wittkohlkookers, Möötbüddelkookers, Düt- un Datkookers.

Nä, nä. Wi blifft in't Huus bi uns' dree Kookpütt un dor haut wi allns rin, wat wi hitt hebben wüllt. Ünner unsen Dannboom steiht düsses Johr wiss keen Rieskooker...

*

98

# De Kröönung

(Döschkassen ut'n September 2017)

Jo, de Tied löppt, un ook ick warr ni jünger. Jüst kom ick vun mien Kusenknacker. Ick schall frische Kroon' kriegen. Nä, König bün ick noch ni. Kaiser erstrecht ni. Wull ick in düsse unruhigen Tieden ook gor ni ween.

Tähnkroon' schall ick hebben, meent mien Tähnarzt. He leevt je vun de Hand in'n Mund, seggt he jümmers. Un he mutt je ook tokieken, dat he wat in de Supp to kömeln hett.

Un nu hett he dat even op mi afsehn un will mi sien Kroon verköpen. In't Muul hett he mi düt Mol also gor ni rümwöhlt, he wull blots mit mi snacken.
Düt mutt mokt warrn un dat mutt mokt warrn, seggt he.

Un denn keem he ganz gau vun de *Tähn* op de *Tohln*.

Man good, dat he mi to Anfang seggt hett, dat ick mi hensetten schull. Anners weer ick nömli achter överfulln.

Jungedi. Dat weern veelicht Tohln mit de he dor üm sick smeeten hett.
He weer munter an wiedervertelln vun wegen de gesund-heitlichen un „ästhetischen" Erfordernisse un all sowat. Overs dor heff ick al meist gor ni mehr toheuert. Ick weer al lang in Gedanken an Reeken.

De Winterreifen an mien Auto mööt wull noch'n Johr länger holn un so'n Urlaub – ook wenn de scheun is – mutt je ook ni jedet Johr ween.

De Kinner mööt je ook ni jümmers den niedsten Füller to' schrieven hebben, so'n Bliefeller deiht dat je ook. Blots ni to oft anspitzen, dat Dings.

Denn veellicht noch dat Sofa verkööpen und so'n poor scheune Appelsienkisten in de Stuuv. Un wenn dat denn jümmers noch ni reckt, denn schriev ick even dree oder veer anstatt een Döchkassen de Week.

Telefon? Afmellen! Dat Fernsehn ook – dor löppt so un so blots Schiet in, un mit' Kino, dat is nu ook vörbi.

Tscha, wat geiht noch?

De Lamp för dat Licht in Köhlschapp rutdreihn. Dor is in Tokunft so un so ni mehr veel to'n Ankieken bin un to eeten al lang ni. Tähnpasta wechloten?
Oh nä, leever ni, anners ward dat noch düürer.

Dat weer dat denn wull so tehmli. Denn kann dat je losgohn mit de Kroon'.

Overs an un för sick nützt een frische Tähn je ni veel, wenn man nix mehr to grien un ook nix to bieten hett, ne...

*

# Amöben-Intelligenz

(Döschkassen ut'n Oktober 2011)

Dat gift lüüd, de künnt so dröög un drullig wat seggen, dat' vör Lachen meist vun Stohl fallst. Een vun mien Mackers heuert to düsse Oart Minsch. Un wenn he sowat Drulliged seggt, denn is dor tomeist so'n lüüt beten wat Wohret an.

So as annerdoogs, as wi beiden över „Intelligenz" snackt hebbt. Dat gung dorüm, wat Tiern intelligent sünd oder wat de blots no ehrn Instinkt hanneln doht oder wat blots de Minsch intelligent is.

He seggt: „Klor sünd Tiern intelligent." Vogels to'n Bispill fleegt jümmers dorhen, wonehm dat scheun is. Ni to warm un ni to kold. So brukt se sick in Winter keen frisched Tüch to kööpen un weil loopen ni gau genog geiht, sünd se dat fleegen anfungen.
Dat leeg doch op de Hand.

Ick heff den inwennd', dat je de Evolutschoon dorvör sorgt hett, dat se fleegen künnt un dat se sick dat je wohrschienli ni sülms utdacht hebbt.

„Aha", hett mien Macker dor seggt, „büst du dorbi ween oder wat?"

Weer ick natürli ni. He denn: „Na kiek." Veelicht is dat je ook so ween, dat vör so'n poor Million Johr 'n Driff Vogels jüst vun Dithmarschen no Afrika ünnerwegens weern un denn hett een vun de Vogels to de annern seggt:

„Weet ju wat: Ick heff keen Lust meer to lopen. Ick lot mi Fellern wassen un denn *fleeg* ick no Afrika. Hold sick."

Un denn is de losfladdert un de annern hebbt dacht, dat de Idee gor ni so dusseli weer.

Un weil dat mit dat Fleegen ganz good klappt hett, sünd se dorbi bleeven.

Dor heff ick eerstmol över nodinken must. Overs denn full mi wat in: „Amöben. Wat is mit Amöben, de sünd je wohl ni intelligent."

„Klor", hett mien Kumpel dor seggt, „de sünd ook intelligent." Wo he dat nu begrünnen wull, wull ick vun em weeten. „Na ganz eenfach: Amöben schlabbert dorhin, wonehm dat smeckt. Wat anners doht de Minschen doch ook ni. Oder wat?"

Na jo. So ganz kann ick jümmers noch ni glööven, dat würkli all Tiern intelligent sünd. Op de anner Siet sünd de Minschen de eenzigen Leev'wesen, de vun sick sülms seggt, dat blots se intelligent sünd. Un veelicht stimmt dat noch ni mol bi all.

Ick heff jedenfalls noch nie hört, dat 'n Vogel to'n annern seggt hett: „Wi künnt man eenfach so losfleegen. Minschen ni. De sünd to dusselig."

Hmm. Ick glööv, mennigmol mokt man sick würkli veels to veel Gedanken...

\*

# Opentheoder

(Döschkassen ut'n September 2013)

Kiek an, nu hett de Weetenschop rutfunnen, dat Orang Utans op Sumatra den Minschen glieker sünd, as dat vörher bekannt weer.

Nä, se hebbt ni de Mülltrennung inföhrt oder sowat. Overs – so ward vertellt – Orang Utans kinnt sick mit Kommunikatschoon ut un dinkt an de Tokunft.

So schüllt de Orang Utan-Mannslüüd, de dat seggen in ehr Driff hebbt, de annern Open hüüt al seggen, wo de Reis' morn hengeiht – de treckt je jeden Dag wieder un buut sick jeden Obend 'n frisched Nest.
Dorüm brukt se ook keen Mülltrennung. De mokt je so un so blots Biomüll...

Wo genau de Forschers dat mit de Kommunikatschoon spitzkreegen hebbt, weet ick ni. Veelicht hebbt se je Orang-Utisch lehrt oder so.

De Chef-Open seggt ehr Lüüd jedenfalls dör Grölen bescheed wat anlicht, un dormit se richti luud grölen künnt, mokt se dicke Backen un plustert sick düchti op.

Jo, dat heff ick bi mennige Minschen ook al mol sehn, de wat to seggen hebbt oder de sick tominst inbilldt, wat to seggen to hebben.

Man mutt sick bilütten wunnerwarken, wat de Weeten-schop allns rufinnen deiht.

Vör över fiefhunnert Johr hebbt se rutfunnen, dat de Eer 'n Schiev is, un keen wat anners vertellt hett, den hebbt se anstänni Füüer ünnern Mors mokt.

De Orang Utans mokt dat ni – ick meen dat mit dat Füüer. Veelicht sünd se je in Würklichkeit al veel wieder entwickelt as de Minsch un lot' ook anner Opern ehr Meenung gellen.

Oder se hebbt blots noch ni utklabüstert, wo man 'n Füüer ansteeken deiht.

Tominst bi't an de Tokunft dinken, schient de Open op Sumatra al wieder to ween as de Minsch.

De buut keen Bomben un Kernkraftwerke, mokt keen Analogkees för de Deepköhlpizza un se hebbt keen Fernsehn vun dat se verrückt in Kopp ward. De Weetenschop hebbt se ook ni erfunnen un dorüm geiht ehr dat recht good.

Overs ick glööv dat allns ook gor ni. Wenn de Orang Utans nömli so weern as Minschen, denn wurrn de böbersten Open nöömli hüüt seggen, wo se tokom Dag henwüllt, üm – no de Wohl – annerwegens langtolopen...

*

104

# Musik op de Bank

(Döschkassen ut'n Mai 2015)

Dat gifft je 'n Barg Wöörd, de heuert man meist jeden Dag – overs wat de bedüüden doht, weet man ni. Kinnt ju dat ook?

Mi is dat jüst mol weller opfulln mit dat Woord „Notenbank". Güstern bün ick doröver fulln. Dor hebbt se dat mol weller in de Norichen seggt. De Notenbank-Chef hett vör düt un dat warnt.

Un denn heff ick dacht: Wat is dat eegentli – so'n Notenbank?

Ick mok je sülms Musik – mit de Gitarr, mit' Klavier un singen doh ick ook so'n beten. Kunn ick nu no de Notenbank gohn un seggen: „Moin, mi sünd jüst 'n poor Noten, also 'n Melodie, infulln. De bruk ick overs in Momang gor ni. Un de wull ick mi gern op ‚de hoge Kant' leggen." Jo, un denn sing ick de Fruu oder den Kirl an Notenbank-Schalter eenfach för, wat ick mi opwohrn will.

So kunn sick dat verholn.
Un wenn ick de Noten denn loter weller bruk, denn kunn ick mi ehr eenfach weller afholn. Mit Zinsen!

Dat gifft je ook Lüüd, de hebbt twor wat mit Musik to kriegen, speelt overs sülms gor ni mit, sünnern seggt annere, wo se dat moken schüllt. De nennt sick Dirigenten. Un de kriegt denn tosätzli to de normoln Zinsen ook noch den „Leitzins".

Un wenn ick denn mol weller mit mien Kollegen in' Öövungsruum stoh, un wenn wi jüst dorbi sünd, 'n frisched Leed to moken, mi overs eenfach nix vernünftiged infalln will, denn segg ick: „Lot uns mol 'n Paus' moken, ick suus mol gau no de Notenbank."

Un denn kunn ick jo ook blots de Zinsen afheeven. De eegentlichen Noten, de ick mol inbetohlt heff, lot ick scheun op't Konto liggen. Dat geiht hüütigendags seeker ook al över Onlein-Bänking.

De Chef vun de Europäische Notenbank heet je Mario Draghi. Dat mutt 'n fixen Musikant ween.
Is je ook 'n Italiener, un veele Begriffe in de Musik kümmt je ut Italien...

Un in Düütschland heet de Notenbank GEMA, glööv ick. De hett sick jüst mit de Gesangsvereene in de Flicken. De schüllt de Volksleeder nömli ni mehr eenfach so singen. De GEMA seggt: „Dat sünd unse Noten, wenn ju de singen wüllt, mööt ju dorför betohln!"

Ick heff mi dat al meist dacht: An Enn dreiht sich sogor bi de Musik doch weller allns blots üm Geld...

*

## Keeneen heuert op Helmut Schmidt

(Döschkassen ut'n August 2012)

„Dat is dumm' Tüch!" So'n Schnack heuert man in de Politik blots vun Lüüd, de in de Oppositschoon sitt – oder vun Helmut Schmidt.

Annerletzt hett Schmidt-Schnauze sick mol weller in't Fernsehn sehn loten. Old is he worrn. Dinkt länger no as fröher. He schmökt sogor weniger as sünst.

Schmidt is een, de weet, wat dat bedüüden deiht, Macht in de Hannen to holn. Un he weet, dat mannige Entscheedungen een den Kopp kosten künnt, wenn de annern ni mittreckt.
He weet, wo dat is, wenn man't mit Verbrekers un Terroristen to dohn hett. Un he weet tominst siet de hambörger Stormfloot vun 1962, dat man mannigmol ni frogen dörf, wat dat Gesetz vörsehn deiht, wenn man weet wat nödig is.
Un he weet noch'n ganzen Barg mehr. To'n Bispill, dat'n Volksvertreder een is, de dat Volk vertreden schall.

Annerletzt in Meldörp hett een to mi seggt: „Wenn Du wat weeten wullt, denn frog keen Studeerten – frog een mit Erfohrung." Dor is seeker wat an.

Un wenn man Hemut Schmidt toheuern deiht, denn heff tominst ick den Indruck, dat dor 'n erfohr'nen Mann mit richti veel Sachverstand vertellt, sick jümmers in de aktuelle Situatschoon inarbeid' un sachli dorleggt, wat he doröver dinken deiht.

Un gliektiedig heff ick dat Geföhl, dat de, de nu dat Stüer in de Hand hebbt, sick dat ni würkli anheuert. Oder wenn jo, denn ni würkli to Harten nehmt.

Klor, ni allns wat Schmidt seggt, mutt richti ween, un mennige Sooken, de dat hüüt gifft, kann oder will he veelicht ook ni överblicken.

Overs wenn ick wat Nieded anfang', denn frog ick ganz toerst doch mol 'n poor Lüüd, de sick dormit utkinnt, no ehr Meenung.

Man mutt dat Rad ni jümmers nied erfinnen. Blots, wenn ick de tokiek, de hüüt wat to seggen hebbt – annerlei ob in Brüssel, Berlin oder op de Dörpers – denn heff ick dat Geföhl, dat de dat Rad jede Week so fief- bet teihnmol nied erfinnd' un sick döför ook noch anstänni fiert.

Un wenn dorbi 'n fiefkantiged Rad rutkümmt un dat bi't Fohrn pultert, denn seggt se: „Dat kümmt vun de Strooten. Dor hebbt wi nix mit to dohn." Schodt...

*An 10. November 2015 ist Helmut Schmidt in Hamborg storven. Ick heff veel op em holn und jümmers genau oppast, wenn he wat seggt oder schreeven hett. Mien Döschkassen harr seeker ganz anners utsehn ohn' em. Un dorüm weer ick ook tehmli truuri as ick heuert heff dat he storven is.*
*Ick bün dankbor, dat dat düssen Mann geeven hett. Herr Schmidt, ick verneig' mi vör Se.*

*

108

## Swatte Löckers in de See

(Döschkassen ut'n April 2012)

Nu goht wi je wedder stramm op Ostern to. Un dör gaanz fikeliensche Tosomhänge treckt de Weltmartpries för Öl weller an – jüst as vör annere Fierdoogen.

Un de Ölkonzerne künnt eenfach ni anners, as den Spritpries an de Tanksteeden roptosetten. Dat mutt man ook verstohn. De Ölmultis hebbt je seeker ook Fruu un Kinner to Huus, de Katt mutt no'n Tierarzt un Oma gung dat ook al mol beter. Vun irgendwat mööt de armen Lüüd je leeven.

Jeden Dag mööt se möhseeli ettliche Milliarden Liter Sprit ut de Eer pumpen, dormit wi Auto, Bus un Bohn fohrn, fleegen un mit Scheep ünnerwegens ween künnt. Un ni blots dat. Dat ganze Plastik, Bitumen un wat se sünst noch allns ut Öl mokt, dörft man je ook ni vergeeten.

Tööv mol – ettliche Milliarden Liter Sprit – jeden Dag? Dat ward schätzt, dat op de Welt Dag för Dag knapp 14 Milliarden Liter Öl verbrukt ward. Dat sünd över fief Billion' Liter oder good fief *Kubikkilometer* in't Johr!

Wo kümmt denn dat blots allns her? Un ni blots de Sprit. De kleiht je noch veele annere Sooken ut 'n Grund. Iesenerz un Kohle to'n Bispill.

So langsom mutt de Eer je vun binnen hohl ween. So, as wenn man 'n Ei utpusten deiht. Suust wi veelicht op 'n riesiged Osterei dör't Universum? Haueha.

Wenn man'n Lock in Gorn kleiht, kann man denn no'n poor Meter de Chinesen op'n Mors kieken? Oder de Australier? So langsom mööt de Lüüd de in't Meer no Öl bohrt vörsichti warrn. Ni, dat dat ganze Woter an Enn in dat Lock rinlöppt. So as wenn man in de Bod'wann den Proppen treckt.

Jungedi, dor dörfst gor ni över nodinken.

Ick warr mien Auto in de tokomen Tied öfters mol stohnloten, denn ick well dor ni Schuld an ween, dat de Nordsee in de Eer verschwinnen deiht. Annerletzt heff ick in Chrischanskoog övern Diek keeken, dor weer al meist keen Woter mehr dor. Ganz an Horizont weer dat blots noch to sehn, as so'n lütten Silberstreif.

Kiek, dat geiht al los.

Denn fohrt man de nästen Doog' ook ni so veel Auto.
Dat is ni blots düüer, sünnern, as man süht, ook gor ni good vör de Umwelt.
Blots ganz anners, as wi dat bet hüüt dacht hebbt...

*

110

# Christlich wat an't Muul

(Döschkassen ut'n April 2012)

Nu is Ostern je vörbi. Dat is je an un för sick een vun de beiden groten Karkenfest' in't Johr, ne.

Overs mit Nästenlevde un all sowat schient dat vör veele Lüüd nix to kriegen to hebben.

As ick an Sünnobend mang Karfriedag un Ostersünndag to'n Inkööpen weer, heff ick dacht, ick bün falsch afbeugt.

Dat keem mi vör, as wenn ick in'n Kriegsgebiet rinsuust weer. As wenn de Lüüd gor ni genog Arms harrn, ünner de se sick all den bunten Krom steeken kunn', den se mit no Huus schleepen wulln.

Un an Drängeln weern se. Eenige harrn sick sogor in de Plünn: „Nu röhr di mol to, wi mööt noch Geschinke för dien dusselige Öllern kööpen!" „Jo genau, nu sünd mien Öllern weller Schuld, ne!" „Ach kleih mi doch an..."

Worüm överhaupt Geschinke? De gifft dat doch sünst blots to Wiehnachen un veellicht noch an Geburtsdag, oder tüüsch ick mi dor?

Jung, wat weer ick froh, as ick weller to Huus weer. Döör afslüten un erstmol 'n Tee moken.
Obends gung dat denn wieder. An un för sick wull ick gor ni ünnerwegens, overs bi uns in't Dörp weer „Oster-fete". Eben no twölf in de Nacht, harr ick dat Geföhl, dat düsse Osterfete in uns' Stuuv ankom weer.

Een Larm vun de Technomusik. Wenn se weenstern wat speelt harrn, dat ick ook heuern mag.

Na jo. Opreegen nütz' je so un so nix. Ick also bi halvi een rut ut de Fellern, rin in de Büx un af no de Osterfete.
De meisten Lüüd dor heff ick gor ni kinnt. Ick weer ook een vun de Öllsten. Overs'n poor Lüüd to'n Klön' heff ick denn doch noch funnen.

Denn wull ick mit een vun de Lüüd noch'n Beer drinken, un an Tresen blaat mi mitmol'n Jung – so even achteihn - an. Fief Viddel duun weer de. He säh, ick harr em anrempelt un hett mi frogt, wat ick wat an't Muul hebben wull. Ick dach', den hett wull de Osterhoos beten.

Na jo. Ick heff sien Angebot denn fründli aflöhnt.
Ogenblick loter hett he denn overs doch noch een funnen, mit den he sick anstänni verteuern kunn – 'n blauet Oog harr de em schinkt.

Overs denn heff dacht: Kiek mol, so'n beten christli sünd de Lüüd je doch noch toweeg. Se frogt di sogor, wat man wat an't Muul hebben will un haut ni eenfach to.

Liekers – mien Fest is Ostern ni...

*

## Leever mol so, mol so

(Döschkassen ut'n März 2014)

Lüüd, is dat warm – dorbi is de Winter je noch gor ni so richti vörbi. Mi sleiht de Sweet al meist ut! De Experten hebbt nu sogor rutkreegen, dat dat veels to warm is. För düsse Johrestied tominst. Jo.

Un de hebbt ook genau rutkreegen, wo veel to warm dat is. Op achteihn Steeden no't Komma oder so. Na jo, mi persönli gefallt de Luft je so, as se in Momang is.

Overs för veele annere is dat je 'n grooted Malleuer. För de Buufirm' to'n Bispill. De versöcht mit Gewalt Slechtwöller to moken, un dat klappt överhaupt ni so, as de sick dat vörstellt.

Oder de Isenbohn. För de Düütsche Bohn gifft dat je veer groote Fiende: Fröhjohr, Sommer, Harvst un Winter.
Un nu, wo wi Fröhjohr in Winter hebbt, geiht bi de allns över Krüz.

Overs tööv mol. Dat gifft doch jümmers weller Forschers, de sick dormit afspattelt, dat Wöller to kontrolleern – Forschers de versöcht 'n Wöller-Trechklabüstermoschien tosom to schoostern.

Dat weer doch mol wat, wenn se dat würkli trech kriegen wurrn. Denn dreiht man an'n Knoop un zack – is Sünnschien vun Wiehnachen bet Niejohr. Ach nä. Dat geiht je gor ni.

Denn fangt de Buuern dat Schimpen an. De brukt je Regen. Jo overs de Strootenbuuers brukt drööge Luft to'n Strootenbuun.

Anners kümmt de Buuern mit de grooten Treckers je ook gor ni op'n Acker – ohn' Strooten, meen ick.

Jung, dat is ook fiegeliensch. Dat Wöller is'n Politikum, weet ju dat?

Denn mutt de Politik wull an Wöller-Wähl-Knoop sitten. Overs dor heff ick 'n beten Bang, dat de veels to lang debatteern wurrn. Denn harrn wi wohrschienli bet 2042 överhaupt gor keen Wöller. Oder se wurrn so lang an den Knop dreihn, bet de in Dutt weer. Hmm...

Veelicht schull man een Johr Sünnschien, een Johr Snee un een Johr Regen moken.

Nä, dat is ook nix. Pass op, an Enn kann man dat keeneen recht moken. Ick glööv de Forschers schulln dat vergeeten mit de Wöller-Trechklabüstermoschien. Dat gifft blots Larm. Denn harrn de Wöller-Experten ook gor nix mehr to Kloogschieten.

Denn kunnen se nöömli ook ni mehr seggen, dat dat Wöller ganz verkehrt is, so as jedet Johr. Un bi't Inkööpen weer't ook vörbi mit övert Wöller Snacken. Na denn loot dat man so, as dat is: Mol so, mol so…

\*

# Wat is Unwöller?

(Döschkassen ut'n Juli 2011)

Af un to warnt se in't Radio je vör „Unwöller". Overs wat is denn överhaupt Unwöller? Ick kinn goodet Wöller un Schietwöller. Warmet Wöller un Wöller, dat so kold is, dat die de Mors affreert. Sünn'schien, Wind un Regen. Heff ick allns belevt. Overs wat to'n Düvel is Unwöller?

Wenn wat mit „Un„ anfangt, denn meent dat doch eegentli jümmers dat Gegendeel. Wenn een klog is, weet de 'n ganzen Barg un wenn he nix weet is he unklog. So kinn ick dat.

Is Unwöller denn *keen* Wöller? Wat treckt man denn an, wenn dat mol een Dag keen Wöller geven deiht? Untüch? Ick weet dat ni.

Richti wat beleeven kann man, wenn man as Kirl mit 'n Fruu över Farven anfangt to schnacken: „Wat meenst? Schall ick hüüt Obend den swatten Antog antrecken?" Op sowat kriegt man denn to heuern:

„De is ni swatt, de is blau!" Wat man denn antrecken schall, weet „Mann" denn jümmers noch ni.
Veelicht schull man frogen, wat man den unswatten Antog antrecken schall. Mutt ick mol versöken.

Wat Farven angeiht, dor weet de Frunslüüd irgendwat, wonehm man as Kirl ni achterkümmt. Bi de gift dat keen lila sünnern „Fleeder" oder „Aubergine". Keen greun sünnern „Olive" oder „Mint".

Veelicht schull man bi Schapptüch gor ni no de Farv gohn, sünnern eenfach frogen: „Schall ick düssen Antog antrecken?"

Denn seggt se wohrschienli: „Nä, swatt passt ni."

Wenn se sülms denn overs no Soken to'n antrecken frogt, denn ward dat gefährlich. Dorbi kümmt nämli Frogen rut as: „Seh ick in dat Kleed dick ut?"

Wat schall man dorop seggen? Seggt man „Nä, dat is ganz schmuck", seggt se „dat seggst du blots so". Un denn geiht dat Diskuteern los. Seggt man overs „Jo, dorbin hest du een Mors as een Peerd", denn is de Dag lopen.

Dor hebbt sick Adam un Eva seeker al över in de Hoor kregen. „Machs dat Fiegenblatt an mi lieden?" „Weet ni, is dat Olive oder Mint?"

Veelicht schull man seggen: „Treck man lever wat anners an, dat schall Unwöller geven."

*

## Mars oder Mors oder wat?

(Döschkassen ut'n November 2013)

Kiek an, nu hebbt de Inder ook 'n Sonde to'n Mars schoten. Na jo, noch is dat Dings ni dor, overs ünnerwegens is de Apparot. Dat is je al mol wat.

In de Negentigerjohrn hebbt de Inder Bombay je in Mumbay ümbenennt. Hoffentli döfft se de rauden Planet' nu ni ook noch üm – vun Mars in Mors oder sowat…

Is overs ook annerlei.
Düsse Marsmission hett mi op ganz annere Gedanken bröcht: De Forschers snackt je all lang dorvun, dat se den Mars so trechklabüstern wüllt, dat Minschen dor leeven künnt. „Terraforming" seggt se dorto.

Wenn se dat trech kriegt, un dor würkli Minschen leevt, denn kümmt de Astrologen overs düchti in de Brass. För de is de Mars je bannig wichti, wenn se ehr Horoskope tosomklabüstert.

Wenn de Mars to'n Bispill in't erste Huus steiht – so seggt de Astrologen dat – denn schall dat för Disziplin un Moot un Stärke stohn. Bi'n Mars in't föffte Huus schall man Glück in de Leevde hebben.

Twölf Hüüs ünnerscheed se. Wenn de Mars in't letzte Huus steiht, denn is de Luft dor tehmli rut.
De een seggt, dat is allns Spökenkiekerie, de anner seggt dat is wunnerbor.

Ick sülms weet blots dat: Wenn man sick an een un densülbigen Dag fief Zeidungen köfft, un sick dor sien Horoskop ankiekt, denn steiht dor jümmers wat anners bin.

In een Horoskop steiht „hüüt hest 'n Slag bi de Deerns" un in't näste Horoskop steiht „hüüt will keeneen wat vun di weeten".

Tscha. Dat is anschiend gor ni so eenfach mit de Sternkiekerie, dat man sick dor so ünnerscheedliche Soken rutlesen kann... Schallst di wunnern!

In wat för'n Huus de Mars stohn hett, as ick op de Welt keem, dat weet ick ni mehr. Is mi ook egol.

Ick frog mi blots, wat passeert, wenn dat mit dat Terraforming hinhaut un dor denn ook 'n Astrologe mit op'n rauden Planeten treckt.

Wat mokt de denn, wenn de Mars ni in't drütte, söbente oder teihnte Huus, sünnern wenn dat eegene Huus op'n Mars steiht? Denn haut dat je allns gor ni mehr hen.

Na jo, ick bliev leever mit de Been op de Eer, sotoseggen mit'n Mars – äh – mit'n Mors to Huus...

*

118

## Schmucken Pelz

(Döschkassen ut'n Februar 2015)

Mennigmol is dat je ganz eenfach sick mit de Lüüd to verteuern, de man gern hett. Man kann dat noch so good meen', overs wenn blots een lütte Sook verdwars löppt, nütz de besten Afsichten nix.

So as in een Stück, dat ick annerletzt heuert heff:

Dat gung üm 'n jung' Kirl, de in de Stadt gung, üm 'n scheuned Geschink to'n Geburtsdag för sien niede Fründin to kööpen.

De beiden weern noch ni lang tosom, un dorüm weer dat gor ni so eenfach för em, wat to finnen, dat twor romantisch, overs ni to persönli ween schull.

Un so hett he sick för 'n Poor Handschen entscheed. Weil he sick overs liekers ni so seeker weer, hett he de jüngere Schwester vun sien Fründin mit no't Koophuus nohm.

Tosom hebbt se 'n Poor witte Handschen utsöcht. De Schwester vun sein Fründin hett bi de Gelegenheit 'n witte Ünnerbüx – een Slip – för sick sülms köfft.

De Verkööperin hett overs de beiden Sooken bi't Inpacken ut Versehn vertuuscht.

So is de Schwester mit de Handschen lostrocken un de Kirl hett sien Geschink, also de nide Ünnerbüx ganz stolt

119

no de Post bröcht un noch 'n lütten Breef för sein Leefste dorto schreeven:


„Mien Seute,

ick heff mi för düt Geschink entscheed, weil mi opfulln is, dat Du keen anhest, wenn wi obends utgoht. Wenn't no mi gohn weer, harr ick de Langen mit de Knööp nohm, overs Dien Schwester hett meent, de Korten weern beter.

Se dreegt se ook, un man kriegt se beter ut, seggt se. Ick weet, dat de Kleur empfindli is, overs de Verkööperin hett mi ehr eegen' wiest, de se nu al siet dree Weeken anhett – dor weer noch keen eenzigen Placken op!
Ick heff se beeden, Dien mol antotrecken, dormit ick mi 'n betered Bild dorvun moken kunn, un wat schall ick seggen: Se seh' würkli schmuck dormit ut.

Ick wurr se Di bi't erste Mol je gern sülms antrecken, overs, bet wi uns wellerseht, sünd se seeker al vun veele annere Hannen anfot worrn.

Wenn Du se uttreckst, vergeet ni, kort rintopusten, vun't Dreegen ward se nömli 'n beten klamm.
Dink jümmers doran, wo oft ick se in't tokom Johr küssen warr. Ick hoop, dat Du se Friedagobend för mi antreckst. In Leevde, Dien Schatz.

PS: Ganz groot in Mood schall dat ween, se 'n beten optokrempeln, so dat de Pelz to sehn is."


*

## Verseekerungs-Philosoph

(Döschkassen ut'n Februar 2015)

Annerletzt reep mi een vun 'n Verseekerung an. Wat för 'n Sellschop dat weer, weet ick ni mehr. Tominst weer he dorvun övertücht, dat dat de Beste överhaupt weer.

Na jo, heff ick bi mi dacht, wenn du al mol vun de beste Verseekerung anropen warst, denn heuer di mol leever an wat se will. De Mann an't Telefoon hett mi erstmol wat vertellt över de unseekeren Tieden, den demografischen Wannel, de politische Entwicklung un all sowat.

He hett meent, dat man je överhaupt gor ni weeten kann, wat noch allns kümmt.

Nä, is richti, wenn ick vun wat keen Ohnung heff, denn vun dat, wat ick ni weet. Eegentli harr ick jüst wat anners för un gor ni so veel Tied mit em to klöön', overs he hett sien Text so fein utwenni lehrt un he weer so in Fohrt, dat ick em ni ünnerbreeken wull.

Overs dat weer so veel, un he hett so gau snackt, dat ick gor ni so recht achteran keem.

He hett mi je ook nix frogt, sünnern blots vertellt. Ick heff jümmers blots „mhm" un „aha" un „ach wat" seggt, dormit he markt, dat ick noch dor bün. Un denn hett he seggt, dat ick mol an mien Rente dinken schull.

Dat heff ick mokt. In Oogenblick süht dat so ut, dat ick wohrschienli 2039 op Rente gohn warr. Denn bün ick 65.

121

Overs denn heff ick an dat annere dacht wat he seggt hett: De demografische Wannel, de politische Entwicklung, dat man ni weet wat noch allns kümmt un so.

De Griechen seggt je in Momang, dat se ganz veel Geld vun de EU verschinkt kriegen wüllt, overs ohn' Oplogen. Wo sick dat wull noch entwickelt...

Mien Telefoon-Fründ weer al munter an Wiedersnacken, overs ick weer jümmers noch an Nodinken un heff gor ni mehr toheuert.

Un denn heff ick dacht: Hebbt wi 2039 överhaupt noch den Euro? Veelicht betohlt wi denn ja al lang mit Tzatziki oder so. Un veelicht hebbt se bet dorhen al de Rente mit 105 besloten.

Düüvel, heff ick dacht. Över sowat harr ick je överhaupt noch gor ni sinneert. Mien Verseekerungs-Macker weer jümmers noch an vertelln. Mitmol hett he frogt „oder wat meent Se?"

Ick heff seggt, dat ick över sowat noch gor ni nodacht harr. Denn heff ick mi fründli bedankt un opleggt. Jungedi. Richti philosophisch, düsse Verseekerungs-Lüüd...

*

## 200 mol Weltünnergang

(Döschkassen ut'n April 2015)

Stellt sick vör, de Welt geiht ünner un keeneen geiht hen... ...wenn't denn erstmol sowiet is...

Wiet över 200 Mol is uns, siet uns' Tiedreeken löppt, al de Weltünnergang ankünnigt worrn.

Hippolytus, dat weer 'n römischen Karkenschriever un Gegenpapst, hett to'n Bispill de Theorie opstellt, dat de Eer 5500 Johr vör Christus mokt worrn is.
Un He hett wieder theoretiseert, dat de Welt 6000 Johr old warrn kunn.
Tscha. So as dat utsüht, is 500 no Chistus blots sien Theorie ünnergohn. Wieder nix.

Papst Sylvester de Tweete hett dat Enn för den 31. Dezember 999 ankünnigt.
Dor is de ganze Christenheit dördreiht. Överall hebbt se plünnert un räubert. Allns wat no Hexen un Zauberers utseh, wulln se ophang' oder ansteeken.

As sick de Welt an Niejohr 1000 jümmers noch munter dreiht hett, hebbt sick de Christen fix weller beruhigt. Un Sylvester, also de Papst, hett seggt, dat de Welt blots dorüm ni ünnergohn is, weil he so fein beedt hett. Veel'n Dank ook, Sylvester.

De Astronom Johannes vun Toledo hett dat Enn op dat Johr 1186 leggt, weil dor all de Planeten in't Sternbild Woog stohn schulln.

De Kaiser vun Byzanz hett all de Finstern vun sien Palast dichtmuuern loten un de Bischof vun Canterbury hett dree Doog Fasten ansett. 1187 hebbt sick all weller inkreegen.

De katholische Preester Girolamo Savonarola hett seggt, dat de Messias 1500 kümmt, un denn schull dat ook fuurts mit dat Strofgericht vun' leeven Gott losgohn.

Na jo, bi de Slacht vun Hemmingstedt hett de Swatte Garr twor wat vun de Dithmarscher Buuern lang de Plünn kreegen – de Eer hett sick overs liekers wieder dreiht.

Mang 1998 un 2000 schull de Welt ganze 38 mol ünnergohn. Wat dorut worrn is, weet ju je intwüschen. 2012 weer ook so'n Johr. De Mayakalenner güng je to Enn. Dat weer overs ook al allns.

Seggt mi mol, wat hebbt de all mit 'n Weltünnergang? Künnt de de Welt ni af oder wat?

Hebbt de al mol Peter un de Wolf leest? Mit sowat schall man keen Spooß moken. Un wenn de Welt ünnergeiht, denn hebbt wi dat so un so achter uns. All tosom.

Also veelicht künnt wi uns denn je langsom mol üm de Welt kümmern. De is nömli noch dor…

*

## Fröher weer allns beter

(Döschkassen ut'n Dezember 2012)

Tokom' Week is al weller Wiehnachen – tominst, wenn de Welt ni ünnergeiht.

Denn gifft dat weller veel to Eeten, un veele Geschinke ward in- un weller utwickelt. Mennige Lüüd goht no Kark anner blievt to Huus oder fohrt veelicht in Urlaub.

Jedeneen so as he dat hebben mach.

Mennig een seggt veelicht ook „Wiehnachen – dor mok ick mi gor nix ut." Overs an Enn, ook wenn dat man blots vör een oder twee Stünnen is, kriegt uns all doch de Besinnlichkeit so'n lütt beten bi'n Mors.

Denn dinkt wi an fröher oder snackt doröver, wo düt un dat mol ween is.

Un de een oder anner ward denn wiss weller dinken oder seggen: „Fröher – dor weer dat doch allns beter…"

Hmm. Is dat so? Worüm seggt de Lüüd dat jümmers? Jedet Johr, so lang as ick dinken kann, heuer ick düssen Schnack. Weller un weller.

Un wenn dat allns mol beter ween is, woso hebbt se dat denn ni so loten, as dat weer? Un wat genau is denn so veel beter ween? Ick meen, de Lüüd hebbt doch *jümmers* versöcht dat beter to moken.

As ehr dat in de Steentied to kold ween is, hebbt se dat Füermoken utklabüstert.

Un as se dat mit den Regen ni mehr hebben muchen, hebbt se sick Hüüs buut.

As ehr dat denn to langwielig weer, jümmers in de leerige Eck to kieken, hebbt se dat Fernsehn erfunnen. Un so wieder un so wieder.

In de Anfangstied hett seeker keeneen seggt: „Weet ju noch, wo scheun dat dormols weer – kold, natt un langwielig?"

De Schnack, dat fröher allns beter weer, de keem erst op, as de Lüüd dat al lang beter gung.

Un weet ju wat: In hunnert Johr sitt ook weller Lüüd blang de Wiehnachsbööm to fiern, un de seggt bi't Eeten un Geschinke utwickeln jüst so: „Fröher, dor weer doch allns beter, ne."

Weet ju wat dat bedüüden deiht? Ganz eenfach – ut toküünftige Sicht, „is" dat hüüt al lang beter. Also heuert düsse Wiehnachen – för de Lüüd, de künfti leeven doht – je al to de beteren Wiehnachens, veelicht je sogor to een vun de Besten...

*

# Hest tonohm?

(Döschkassen ut'n September 2017)

Wo kann dat blots angohn: Mennige Lüüd, de künnt eeten, wat se wüllt, de haut sick Söötkrom un Fett schier rin, as wenn dat keen Morn geev, un de leggt liekers keen Gramm to.

Annere – dor heuer ick ook mit to – de bruukt blots an Supermart vörbitoloopen, üm twee Pund totonehm'. Is dat Gerecht? Ick kann mi dat ni vörstelln.
Jo, ick weet – mehr Sport un allgemein mehr Bewegung weer je beter...

Ick will mi ook gor ni dorvun friespreeken, dat ick op de dorste Buusteed mehr moken schull, overs worüm kann ick ni ook eenfach to de heuern, de ni tonehmt, annerlei wat se freeten doht, sülms wenn se sick ni veel bewegt.

Dat is je ook so swor in uns Land wenig to eeten. Överall wonehm man henkümmt, ward man frogt: „Mögt se 'n Tass' Kaffe – veellicht mit'n Stück Kooken dorbi? Heff ick extra för se besorgt."

Ick weet je, dat dat blots Höflichkeit un ook würkli nett is. Wenn bi uns to Huus Besöök kümmt, heff ick ook gern wat to'n Anbeeden in't Schapp.

Mi hett mol'n Hollänner vertellt, dat dat bi de Oranjes anners is. Dor ward ni bi jede Gelegenheit wat to Freeten op'n Disch stellt.

127

Un düsse Hollänner säh to mi, dat he sick wunnert hett, as he dat erste Mol no Düütschland keem: Hier geev dat je veel mehr Dicke as bi em to Huus.

Na jo, dat bringt mi overs ook ni wieder. No Holland utwannern wull ick an un för sick ni. Richti drullig ward dat je, wenn man bi Frünnen oder de Famielje to Besöök is. Dor kümmt tomeist ook glieks Hüftgold op'n Disch.

Dat kann Kooken ween, wat to Knabbern, annern Söötkrom oder 'n Buddel Beer – dor sitt je ook allerhand Kalorien bin. Un wenn man dor ni glieks bigeiht, denn ward een seggt: „Nu lang man düchti to!"
Man kann ruhi seggen, dat man beten vun't Gewicht dohlmutt, dat is annerlei. De Antwoord dorop is: „Ach, dat beten. Hau man rin!"

Un'n viddel Stünn loter frogt desülbigen di: „Segg mol, hest du 'n beten tonohm?"
Dor kannst beschüüert över warrn. Overs wat schallst moken: Anschien'd mutt ick mi dor wieder „dörbieten"...

*

128

# Darmflora

(Döschkassen ut'n März 2017)

Wenn man jüst op de Welt komen is, denn weet man je noch ni, wo groot un wo schwor man mol ward.

De Een, de wasst blots no boben, ward super lang un ganz dünn, de Anner wasst blots no ünnen un no de Sieden un ward rund as'n Strandball.

Un besünners bi de Dicken – dor heuer ick je leider ook mit to – is dat so, dat de nix dorför künnt, wo se utseht, dat weet ick nu. Nä, nä – nu kümmt ni de tüpischen Schnacks vun wegen, wi hebbt schwore Knooken, wi sünd to lütt för uns' Gewicht un so...

De Weetenschop hett dat nömli rutfunnen. Un wenn de Weetenschop wat rutfinnen deiht, denn is dor ook wat an! Ick heff dor jüst wat över leest. Dat weer so'n Studie. Un dor hebbt se twee Rötten tofot hatt. De eene Rött weer ganz dick – so'n richtigen Kaventsmann weer dat – un de anner weer normolgewichti.

Nu hebbt se bi de beiden Rötten de „Darmflora" rutkleiht un de Darmflora vun de dünne Rött bi de Dicke insett un annersum jüst so.
Un wat schall ick seggen: Dat hett man jüst 'n poor Weeken duuert, dor wurr de dünne Rött mitmol pummeli as de Wiehnachsmann un de dicke Rött harr mit mol Normolgewicht.

129

Dorbi hebbt de beiden datsülbige to freeten kreegen un beide harrn datsülbige Pensum an Bewegung un so.

Tscha, dor staunt de Fachmann un de Laie wunnert sick.

Wo se dat genau mokt hebbt mit dat Tuuschen vun de Darmflora, dat weet ick ni. Jedenfalls is dat so, dat de Darmflora – dat sünd Bakterien un al so'n Krom – ganz veel dormit to dohn hett, wo schwor man ward.

Jungedi, heff ick dacht, düssed Forschungsergeevnis mutt ick doch ook op mien Situatschoon anwennen könen. Worüm schüllt blots de Rötten vun de Weetenschop profiteern?

Un doröver is mi 'n Idee komen. Dat kunn je angohn, dat irgendwo 'n ganz unglücklichen Mann in mien Öller rümlöppt, de normolgewichti is, de overs veel leever so'n Statuur as ick harr.

Wenn dat so is, denn schull de Dorste umbedingt Kontakt mit mi opnehm. Denn wurrn wi uns mol dreepen un een Mors an den annern holn.

Ick bün nu al ganz gespannt dorop, wat denn passeert. Ick tööv denn vör't Telefoon, ne...

\*

130

# Höplershölper

(Döschkassen ut'n Oktober 2017)

Af un to kann dat je recht dösig komen, ne. Annerletzt weer ick jüst op'n Weg no'n Optritt. To Huus heff ick in mien lütten Bus noch mol keeken, wat ick ook allns inpackt heff, un denn gung de Reis' los.

Jüst, dat ick ut uns Dörp rutfohrt weer, seh ick in Speegel, dat achter mi op de Stroot so'n Plastikbüddel ut'n Supermart leeg. Komisch, den dorsten Büddel harr ick vörher gor ni sehn – ick weer wohrschienli in Gedanken...

Na, heff ick dacht, dreih' man leever üm un sammel den Büddel wech, noher kriegt dor noch 'n Kradfohrer Malleuer mit.

Also bün ick ümdreiht un denn noch mol ümdreiht, bet ick för den Büddel stunn. Warnblinker an, utstiegen, Büddel opsammeln.

Al as ick de Tasch opböhrt heff, weer mi klor, dat dor gor nix bin weer. Na jo, heff ick meent, nehm den Büddel man mit, denn hest een, wenn em bruukst – ick heff nömli jümmers gern so'n Tasch in't Auto, man weet je ni wat man mol transporteern mutt. Af un an röppt je ook mien Madam an un frogt mi, wat ick noch wat vun ünnerwegens ut'n Loden mitbring' kann.

As ick de Tasch opsammelt heff, keem jüst Renate vun unsen Dörpsloden mit ehr Auto vörbi. Ick heff ehr fründli grööt un se mi ook.

131

Denn bün ick weller insteegen un wiederfohrt – jümmers Renate achteran, de so'n halven Kilometer wieder wohnt. Un as se no ehr Stroot afbeugen deh, full mi op, dat bi ehr een Bremslücht ni gung. Ick den gau achteran – ick wull ehr even bescheed seggen, dat een Lamp bi ehr in dutt weer. So veel Tied mutt ween.

As se vör ehr Huus ut' Auto usteeg un ick ehr dat mit dat Bremslicht seggt heff, keek se mi ganz Dösig an. Dat's komisch, heff ick dacht.

Even bevör ick wiederfohrn wull, keem ehr Söhn ut de Döör. Un de keek mi ook ganz dösig an. Wat weer blots mit de beiden los?

He hett mi denn frogt, wat dat so richti is. „Wat?", heff ick frogt. „Na dat dien Heckklapp noch open is..." Un tatsächli. De Klapp stunn sperrangelwiet open. Un de Tasch de ick opsammelt harr, dat weer mien eegene, de rutfulln weer.

Kiek: Dat is tatsächli wohr: Hölp de annern, denn ward di ook holpen...

*

# Eeten för de Katt

(Döschkassen ut'n Februar 2012)

Hebbt ju sick ook al mol wünscht, Gedanken lesen to könen? Wenn ick dat kunn, denn wurr ick dat toerst bi mi Koter dohn. Huusmeister heet de.
Dat is 'n ganz Seuten un Schmusigen.

Overs af un to kümmt wi eenfach ni op een Steed.

To'n Bispill wenn dat üm't Eeten geiht. Ick kann em mitbringen, wat ick will, dat is jümmers verkehrt.

Tomeist, wenn ick so'n Doos' oder so'n Tuut opmok un em dat in sien Schöddel rinmok, denn kiekt de mi so scheev an, as wull he seggen: „Segg mol, wat is blots los mit di? Büst Du beschüüert? Dat schall ick freeten?"
Denn rükt he noch eenmol doran un denn löppt he ganz gemütli wech, hüppt op dat Finsterbrett un schlickt sick af.

En Oogenblick vörher hett he noch so dohn, as schull he dootblieven vör Hunger. Mauzen kann he denn, dat ritt di dat Hart twei.

Na jo. Denn sitt he jedenfalls vör't Finster un kiekt mi ni mol mehr mit'n Mors an. Künnt ju sick vörstelln, wo dösig ick mi denn vörkom?

Wenn ick denn weller an' Schrievdisch sitt un to'n Bispill den Döschkassen schriev, denn kümmt he an-dackelt un is weller an Mauzen as man een.

Ick segg denn: „Wat wullt du denn, Huusmeister?" En Antwoord heff ick dor noch nie op kreegen. Liekers frog ick em jümmers weller. Weet de Düüvel woso.

Overs eegentli gifft dat blots veer soken, de he vun mi will: Dat ick em striegel, dat ick em rut- oder rinlot, dat ick em wat to freeten giff oder dat ick em wat anners to freeten giff. Ick versöch denn düt un dat, un an Enn sitt he weller dor un schlickt sick af oder slöppt.

Un ick wunner mi blots, wo mi düsse Koter in de Hand hett. De deiht mit mi, wat he well – eenfach so. Overs geern heff ick em doch.

Tscha, Hunnen hebbt Herrchen un Fruuchen, Katten hebbt Personol, ne...

An un för sick schull man dat bi't Kinner Optrecken jüst so angohn, as Huusmeister mi optrocken hett.

Wenn de Lütten ni doht, wat man will, denn sett man sick op't Finsterbrett un schlickt sick af.

Overs wohrschienli wurr dat blots funktschoneern, wenn man sick ook 'n graued Fell wassen loten un dat Mauzen anfang' deh...

*

## Anständni duun warrn

(Döschkassen ut'n September 2015)

As harrn wi ni al genog Maleschen, kümmt nu ook noch de Weltgesundheitsorganisatschoon – de WHO – un seggt, dat wi to veel schmökt un dat wi to veel suupen doht.

Üm wat schüllt wi uns denn noch allns Gedanken moken, seggt mi mol?

Ölm Liters rein' Alkohol drinkt de Düütsche in't Middel. Jo, nä, ni allns op eenmol. So över't Johr verdeelt. Un rein' Alkohol drinkt de Mehrsten je ook ni, sünnern Beer un Kööm un Wien, Lütt un Lütt un al sowat.

Dor hett sick de WHO overs ni anständni informeert.
Geiht dat nu blots üm de, de rein' Alkohol drinkt, oder ook üm Lüüd de irgendwat drinkt wonehm Alkohol bin is? Man weet dat ni genau.

Jedenfalls meent de WHO, dat dat ni good is, un dat man – wenn man dat mit dat Schmöken un Suupen ni nolött – noher ni blots old un op is, sünnern sogor old un op vun Kööm un Tobak. Dat is ook ni scheun.

Vöriged Weekenenn weer ick op'n groote Fier.
Dor geev dat ook allerhand to suupen – an un för sick sogor allns, wat man sick so vörstelln kann. Blots rein' Alkohol geev dat ni.

Un an den Disch wonehm ick seeten heff, dor fungen wi no'n Tied lang an, doröver to sinneern, wat de beste Strategie weer, dormit man ni ganz so duun ward (tominst ni so gau) un dormit man an tokom Dag ni ganz so'n dulln Koter kriegt.

„Beer op Wien, lot dat ween – Wien op Beer rot ick di", weer een so'n Weisheit, de dor vertellt wurr un de sick op Hochdüütsch natürli beter riemelt.

Een annern hett seggt, dat man bi Wien blots den Suuern drinken schull, also den Drögen. Vun seuten Wien kreeg man Knastpiepen, hett he meent.

Bi Whisky un sowat schull man an Besten blots den Düüern nehm', weil in den Günstigen so veel „Fuselalkohol" bin sitten schall. Aha.

Un wenn dat doch 'n Scheeven reeten harr un man mit 'n schwor'n Kopp opwoken deh, denn weer Rullmops to'n Fröhstück 'n würklichen Geheimtipp.

Un an Enn weern wi all tosom tehmli strohli.

Na jo, kann angohn, dat de WHO Recht hett un dat wi würkli 'n beten veel drinkt. Overs wi versöcht tominst mit vereente Kraft „vernünfti" un „anstänni" duun to warrn...

\*

## Metusalem Flattermann

(Döschkassen ut'n November 2013)

De Minschen sünd je mit 'n recht figeliensche Natuur utrüst', ne.

Op de een Sied wüllt se so old warrn as dat geiht, op de anner Sied wüllt se allns, blots ni old warrn.

Nu seggt mi mol, wo dat gohn schall. Old warrn ohn' old to warrn, is so, as besopen warrn ohn' wat to drinken.

Nu heff ick annerletzt mit'n Tierdokter klönt. Ick wull weeten, wo old Göös warrn künnt. Mi hett een ut St. Michel vertellt, dat sien Ganter so bummeli 25 Johr old is.

De Dokter hett seggt, dat he dat gor ni so recht wusst, overs twölf bet föffteihn Johr schulln wull bin' ween.
He hett sick den Ganter – Fiete heet de Flattermann – sogor sülms bekeeken. De Medizinmann hett rutfunnen, dat Fiete so'n beten Arger mit de Knoken un mit een Oog harr. Overs ünnern Streek weer de Vogel recht good ünnerwegens.

Nu wull ick natüürli vun den Dokter weeten, wat he seggen kunn, wo man Tiern dorto bringen kann, sowat vun old to warrn.

Bet to düssen Dag harr he vörslogen: regelmäßige Vörünnersökungen bi'n Tierarzt. Overs even blots bet to düssen Dag, weil dat för Fiete nömli dat erste Dreepen mit'n Tierdokter weer.

De is ohn' Veterinär so old worrn.

Tscha. Wat hett Fiete richti mokt? He hett dree Fruunslüüd un acht Kinner hatt un överleevt. Een vun de Fruunslüüd schall sogar 'n Zieg ween hebben. Also, keen richtige Zieg, sünnern 'n gnatterige Goos.

Stress in de Ehe – dat schient also ook gor ni so slimm to ween as man dinken much.

Freeten deiht Fiete allns wat he kriegt un wat he sünst noch so op'n Hoff finnd'.

Över Wäitwotschers un Diät schient Fiete sick also ook keen groote Gedanken to moken. Un bi'n Dokter is he ook noch nie ween, as wi al weeten doht.

Hmm. Un wat deiht he? An un för sick nix anners as freeten un Lüüd angnegeln, de to dicht an em rankümmt.

Ick wull em je sülms frogen, wo he dat mokt so old to warrn. Overs he hett mi blots düchti angnegelt un bieten wull dat Oos mi ook noch – seggt hett he nix.

Denn ward dat wull Fiete sien Geheemnis blieven. Overs een Sook is mi klor worrn: Je öller man ward, je weniger mutt man Bang ween, dat man in Kookputt kümmt...

*

## Dat's 'n Sook vun't Glööven

(Döschkassen ut'n Juli 2012)

Man vertellt sick je, dat in New York vör'n poor Weeken 'n Ginkgo-Boom ut de Eer schoten is. Op eenmol mit Stump un Stöhl. Zack – schall dat Dings dor stohn hebben. Un denn schall de Jungfruu Maria dor rümspökelt hebben. Hett sogor in de Zeidung stohn – denn mutt dat je wohr ween.

Un nu Pilgert dor'n ganzen Barg Lüüd hen, üm sick dat sülms antokieken un veelicht ook üm 'n lütten Heiligenschien aftokriegen oder so.

De Boom is jedenfalls noch dor. Maria is overs anschiend werr utneiht.
De hett wull annerwegens noch Wunnerwarken musst.

De Lüüd vun de kathol'sche Kark hebbt to den Krom seggt, dat se skeptisch sünd, weil in düssen Deel vun New York tomeist Latinos wohn' doht. Aha.
Wenn man also ut Spanien oder Mexiko kümmt, denn weet man wull nie so genau, wo Maria utsüht, oder wat?

Dat is je wat, erst missioniert de Kark Lateinamerika un denn glöövt se de Lüüd dor ni, wenn de glöövt, wat se glööven schüllt. Dor schallst di erst mol kloog ut warrn.

Overs woan kann man denn Maria överhaupt kinnen? De Fruu, de in New York spökelt hett, schall seggt hebben „ick bün de Jungfruu."

139

Dat hett to mi ook al mol'n Fruu seggt, de hett overs ni Maria heeten. Dat is se also ni ween.

Weet de Lüüd vun de Kark denn sülms genau, wat dat nu Maria is, wenn se ehr seht? Ick meen, sünst kunnen de doch gor ni so skeptisch ween oder wat?

De Fruu ut New York, de Maria sehn hebben will, is jedenfalls ganz un gor vun de Rull ween.

De Kark behaupt' stief un fast, dat de Leeve Gott de Eer in söben Doog mokt hett. Beten loter schall Jesus op de Welt komen ween. Un Maria, sien Mudder, schull bet to de Tied noch nie mit'n Kirl in de Puch ween hebben.

Wenn ick Josef ween weer, harr ick de dorste erstmol'n Reeg vertellt – overs dat is'n annere Buusteed. Jedenfalls seggt de Kark so is dat ween. So un ni anners.

Un wenn denn 'n Fruu kümmt, de ganz seeli vertellt, dat se Maria sehn hett, denn sünd de Karkenlüüd skeptisch? Denn erst? Ick weet dat ni.

Wat ick weet, is, dat dat Beeden heet, wenn man mit den Leeven Gott snackt. Wenn man overs seggt, „de Leeve Gott hett mit mi schnackt", denn kümmst' in de Klappsmöhl, so gau kanns gor ni „Amen" seggen...

*

140

## Een Stünn extra

(Döschkassen ut'n Oktober 2015)

Nu hebbt se de Tied je al weller ümstellt. Sommertied, Wintertied, Sommertied, Wintertied...

So langsom ward dat mol Tied, dat de Tiedherrschers sick mol op 'n Tied eenigen doht, oder ni? Na jo, so'n beten wat Goodet hett dat je. In't Radio hebbt se mi nömli vertellt, dat wi nu'n Stünn mehr hebbt.

Un siet vörigen Sünndag doh ick nix anners, as mi to överleggen, wat ick mit düsse Extrastünn opstelln schall. As ick hüüt op'n Nohuusweg weer, heff ick to'n Bispill so'n Swarm Vogels sehn.

Dat weern licht dusend Stück. Wat för Vogels dat genau weern, heff ick ehr ni frogen kunnt, weil se to hoch fleegen dehn. Overs wenn ick mit ehr snacken kunnt harr, denn harr ick ehr vertellt, dat se gor ni so gau no'n Süden to fleegen mööt. De hebbt nömli 'n Stünn mehr, üm dorhen to komen.

Op de anner Sied, heff ick denn dacht, hebbt dormit je ook de Jägers 'n Stünn mehr Tied, de Vogels aftoballern. Un dor heff ick glieks dacht, man good, dat ick de Vogels ni seggt heff, dat se sick Tied loten schüllt. Anners harrn de mi achteran noch de Oogen utpickt. Un denn harr ick gor ni mehr op de Klock kieken kunnt. Un denn harr ick ook gor ni wusst, wat ick mien Extratied al opbruukt harr oder ni.

141

Overs, wat fang ick nu blots mit mien Extrastünn an? Mien Madam liggt mi je al siet twee Johr in de Ohrn, dat ick mol dat Danzen lehrn schull. Overs in een Stünn, glööv ick, lehrt man dat Danzen wohrschienli ni.

Un ick weet je ook noch ut de Grundschool, wo dat Lütt Matten den Hoos ergohn is, as he dat Danzen lehrt hett. Reinke Voss hett em nömli dootbeeten. Nä, Danzen is nix.
Hmm. Veelicht kunn ick je mol versööken to begriepen, worüm ick jümmers mien Autoslötel sööken doh, wenn't gau gohn mutt.
Overs dorför ward 'n Stünn seeker ook ni recken.

Oh, nu weet ick dat: Ick ward mi de Stünn opwohrn. In' März vun't tokom Johr ward de Tied je al weller ümstellt. Un an' Mondag dorno kom ick eenfach ganz kommodig 'n Stünn loter to Arbeit.

Un wenn mi een scheev ankieken deit, denn segg ick: „Wat wullt du denn, ick heff mi doch de Stünn vun de vörige Tiedümstellung opwohrt. Un in Harvst gifft dat al weller 'n frische Extrastünn. Oha, ick glööv, dor heff ick nu meist 'n Stünn över nodacht. So'n Schiet...

\*

## Cents opsammeln lohnt sick

(Döschkassen ut'n Dezember 2011)

Dat Geld licht op de Stroot, heuert man af un an mol een seggen. Un würkli. Dat gift Doog, dor licht op'n Stieg 'n Cent-Stück. Fröher hett dat mol Glückspenn heeten, overs dat's 'n anner Geschicht.

Wat overs kann man för so'n Cent allns kööpen? De Leedermoker Götz Widmann hett dor ook al mol över simuleert. Man kunn to'n Bispill acht Sekunnen in't Kino gohn, Tachenti Meter mit de Isenbohn fohrn oder ook een Schnappsglas Beer drinken.

Dat is dat, wat Widmann sick so utklabüstert hett. Overs dor fallt mi noch mehr in.

So kunn man ook no'n Dokter gohn un to em dat „G" vun „Goden Dach seggen". Bi'n Anwalt wurr dat wohrschienli blots to'n Luft holn recken und bi'n Tähnklempner jüst noch to'n Muul opmoken.

Na jo – is ni veel overs doch mehr as gor nix. Bringt dat denn överhaupt wat? Bummelig dree Sekunnen duert dat so'n Cent op'n Stieg to sehn, sick ümtokieken, sick krumm to moken, dat Dings to griepen un in de Tasch to steken. Dree Sekunnen – wat is dat in Stünn' ümreekend?

In een Minut kunn man so 20 Cent opsammeln. Dat mokt 1200 Cent in 60 Minuten. Dat sünd 12 Euro de Stünn – un dat ook noch stüerfrie!

Na dat lohnt sick doch al.

Un de, de den Cent verlorn hett, wurr wohrschienli ni ganz so dull op mi schimpen, weil he dat lütte Geldstück gor ni vermissen deh un ook ni dorno söken wurr.

Nu mutt man blots noch 'n Stieg finnen, de vull vun Cents liggt.

Overs ook dor weet ick wat: Düsse Räting-Agentuurn seggt doch jümmers, dat se'n ganzen Barg Regierungen un Banken schlechter instufen ward, wenn de ni ophölt, dat Geld ut Finster to smieten.

Denn is dat je ganz eenfach. Man stellt sick eenfach vör't Parlament oder vör een Bank un töft, bet dor 'n Finster opgeiht un weller 'n Schüffel Geld rutflücht.
Un denn fangt man an den Krom optosammeln.

So kümmt man in acht Stünnen op 96 Euro. Dat sünd över 2000 Euro in Monat. As ick al seh – stüerfrie un sogor ohn' Överstünn'.

Also den nästen Cent, de vör mi op de Stroot liggit, den sammel ick garanteert op.

*

144

# Mit Blaulicht op Deenstreis'

(Döschkassen ut'n April 2015)

Dat gifft je 'n Barg dösige Gesetze op de Welt, ne. Besünners wild is dat in de USA mit Recht un Gesetz. Overs ook bi uns mutt man sick över so mennige Gesetze wunnerwarken.

In Sachsen dörft man to'n Bispill keen' Autoreifen in de Garoosch op'wohrn.
Hmm. Ick weer je noch nie in Sachsen, overs nu mutt ick dor doch unbedingt mol hen. Ick frog mi nömli, wo de Lüüd ehr Autos ohn' Rööd in de Garoosch kriegt.

In de Schokolodenverordnung heet dat: „Wiehnachsmänner sünd in den Sinn vun düsse Verordnung ook Osterhosen."

Oder dat hier: Keen ünner de Verletzung vun verwaltungsrechtliche Plichten (wat jümmers dat heet) „ioniseernde Strohln friesett oder 'n Kernspaltung ingang sett", de fähi is, Liev un Leeven vun anner Lüüd to schoden oder fremde Sooken twei to moken, mutt bet to fief Johr in Knast oder 'n Geldstrof betohln. Oha.
Dat lot man de Terroristen ni spitzkriegen. So'n Atombomb antosteeken, schient in Düütschland je ni so' ganz groted Verbreeken to ween.

Overs noch wat anners: Dat Bunnesfinanzministerium hett verkloart, dat de Doot op keen' Fall 'n duuernde Berufsunfähikeit is. Nä, is kloar.

145

Un no § 26 Landesreisekostengesetz NRW heet dat: "Wenn een Beamten op 'n Deenstreis' doot blifft, denn is de Deenstreis' to Enn.

Würkli interessant is overs dat hier:
Keen in Düütschland op de Autobohn ünnerwegens is un dat hilt hett, mutt oppassen: Drängeln ward nömli mit 250 Euro un veer Punkte bestroft. Tosätzli is dat Patent för dree Monot' wech.

Dorüm schull man leever ni drängeln, sünnern rechs överholn. Dat gifft mömli blots dree Punkte un kost' man jüst 50 Euro.

Keen noch'n Punkt sporn will, överholt op de Stand-spoor. Dat kost twor ook 50 Euro, ward overs blots mit twee Punkte bestroft.
An eenfachsten is dat overs so: Man besorgt sick 'n Blaulicht un 'n Martinshorn un gift Gas. De annern mokt denn vun ganz alleent Platz. Un dat Beste: De Missbruuk vun Blaulicht un Tatüütataa kost blots 20 Euro. Keen Punkt, keen Fohrverbot.

Unse Gesetze mokt dat allns mögli. Na jo, overs an günstigsten is dat natüürli, fief Minuten eher lostofohrn. Dat kost gor nix extra un man kriegt sick ni mit anner Lüüd in de Flicken...

*

# Pharisäer

(Döschkassen ut'n November 2015)

Och jo, dat is je allns ni so eenfach, ne. Annerletzt weer ick in Urlaub mit mien Lüüd. Un dor hebbt wi ook 'n scheune Kanu-Tour mokt.

Dat gung so bummeli dree Stünnen. Scheun overs kold weer dat. Achteran sünd wi in't Teehuus gohn. Dor geev dat Tee un Kaffe, is je kloar, overs ook 'n Tresen wonehm man Kööm un sowat kriegen kunn.

Un so dörfrorn as ick weer, heff ick dacht: Nu so'n anstännigen Pharisäer, dat weer genau dat Richtige üm weller togang to komen. Ick denn to den Kröger: „Een Pharisäer bidde." Un he: „Deiht mi leed, dat geiht ni."
Dat is je dösig, heff ick dacht. Worüm geiht dat ni? Is de Kaffemoschien in Dutt oder wat?

Dat weer so bummeli halvi süss obends, un ick heff mi tosomriemelt, dat man dor je veelicht erst af Klock süss wat mit Alkohol kriegen kunn. Doran leeg dat overs ni.

„Wat is denn dat Problem", heff ick frogt. „Ick kann se keen Pharisäer verkööpen, weil wi Pharisäer ni in de Kass' hebbt", weer dat, wat he mi dorop seggt hett. Ick heff em vertellt, dat ick je ook keen Pahrisäer in de „Kass'" sünnern in de „Tass" hebben wull. Dat weer em kloar, overs gohn deh dat liekers ni.

He hett mi denn verkloogfiedelt, dat he so'n elektroonisched Kassensüstehm harr.

Un in düsse Kass' stunn allns bin, wat man bi em so kööpen kunn, un Pharisäer weer dor nu mol ni mit mang.

Hmm. Wat moken? So wat bi teihn Minuten harr ick mi al mit em afsabbelt.
Ick denn: „Hebbt se Kaffe?"
He: „Jo."
Ick: „Good, een Putt Kaffe. Un hebbt se Rum?"
He: „Jo."
Ick: „Good, een korten Rum. Un hebbt se Slagrohm?"
He: „Jo." Ick: „Aha. Un wat kost de Slagrohm?"
He: „Den gifft dat blots to'n Stück Kooken, de kost överhaupt nix extra."

„Good", heff ick seggt, „denn noch 'n Stück Kooken mit Slagrohm." Den Rum heff ick in den Kaffeputt rinpüttert, un vun den Kooken heff ick den Slagrohm hendohlkleiht un ook in den Kaffeputt rinschüffelt.

Un denn heff ick betohlt. „Den Kooken künnt se beholn", heff ick em noch seggt un „veel'n Dank för den Pharisäer, den dat hier je gor ni gifft."

Jo, man kann ook de düütsche Gründlichkeit uttricksen, blots to hölpen mutt man sick wecken...

*

148

## Bi Regen op'n Sofa

(Döschkassen ut'n März 2016)

„Na", säh mien Fruu annerletzt, as ick no Huus keem. „Na", heff ick seggt un mi op'n Sessel sett un de Been op'n Hocker vör mi leggt.

De Katt keem, hett sick op mien Schoot leggt un wi beide hebbt ut Finster keeken. Regen!

Mien Madam leeg op't Kanapee un weer in so'n Prospekt an blöödern.
De Katt fung dat Schnurrn an.
„Wullt du 'n Regenbüx för dien Fohrrad hebben?" Mien Madam hett mi dat frogt, ohn' no mi hen to kieken.

„Nä", säh ick, „wat schall 'n Fohrrad mit'n Regenbüx?"
„Jo – näää. Ni för dat Rad. Ick meen 'n Regenbüx för di", säh se. Nu keek se mi an un weer mit een Finger op den Prospekt an rümtippen. Dor weer anschiend de Regenbüx to'n Radfohrn bin to sehn.

„Ick fohr bi Regen keen Rad", säh ick, „dorüm bruuk ick ook keen Regenbüx to'n Radfohrn."

„Och", säh se. „Wat – och", säh ick. „Büst 'n Scheun-Wöller-Fohrer, wa?"
„Jo", säh ick. De Katt stunn op, dreih sick twee mol in Krink, un denn hett se sick weller op mien Schoot leggt un mit' Schnurrn wiedermokt.

149

„Un du", heff ick frogt. „Wat – ick", säh mien Madam. „Fohrst du bi Regen Rad?" „Nä", säh se.

„Na denn..." „Wat – na denn", säh se. „Na jo, anners harrst du mi de Büx je verschinken kunnt. Un wenn du ehr mol bruukt harrst, denn harr ick di ehr utlehnt." „Ick bruuk ehr je ni", heff ick noch gau achteran seggt.

De Katt keek mi an un denn weller ut Finster. Ick keek ook ut Finster. Regen. „Overs jüst nu kunnst du de Regenbüx je good bruuken", keem de Stimm vun't Kanapee. „Woför", säh ick, „to'n Katt striegeln un ut Finster kieken?" „Nä", säh mien Seute, „to'n Radfohrn."
„Ick will overs keen Radfohrn. Dat regent! Un blangbi will ick ook narms hen." „Ochso", säh se.

Den heff ick de Katt op'n Footborrn sett un bün opstohn.
„Wat hest du vör", hett mien Madam frogt. „Schrieven", säh ick. „Wat schrieven?" „Dat hier", säh ick. „Wat – dat? Dat wat nu passeert?" „Jo."
Schrievst du ook dat, wat ick nu segg?" „Jo", säh ick.
„Du schrievst overs ni, dat ick hier op Sofa ligg un in Prospekt lees, ne?" „Näää", heff ick logen.

„Na denn is je good..."

*Jo, ick stried dat je gor ni af – so mennige Geschichen sünd op düsse Oart tostann komen. De Geschichen liggt op de Stroot – oder se speelt sick in de Stuuv af. Un veelicht finn'd sick Ju'n Geschicht in't näste Book...*

\*

150

# Ick segg veel'n Dank...

Ick hoop, dat Ju 'n lütt beten Spoß bi't Lesen vun düt Book hatt hebbt. Veellicht holt Ju sick dat je af un an mol weller ut' Schapp un leest wat dorut vör.

Op de näste Sied heff ick noch 'n poor Lüüd optellt, ohn' de düssed Book gor ni tostann komen weer.

Un wenn Ju gefulln hett wat op de vörigen Sieden to lesen stunn, un Ju ut Dithmarschen kümmt, denn dörft Ju düsse Lüüd ook gern mol op de Schuller kloppen, ne...

Ganz toerst bedank ick mi bi mien lütte Famiel', bi Sonja, Jette un Knut, de so veel Verständnis dorför opbringt, wenn ick mol weller an Schrieven bün un de dree 'n beten to kort kümmt.

Overs Ju hebbt ni blots Verständnis, Ju mokt mi ook Moot, för dat wat ick so doh.

Un ni blots dorför heff ick Ju vun Harten leev!

Bi mien Öllern bedank ick mi dorför, dat se mi so fein Platt lehrt hebbt, ook wenn mien Mudder un mien Vadder ni mehr ünner uns sünd – veelicht leest se dat je vun annerwegens und freut sick dorto.

Bi Rita, mien „Bonus-Mama" bedank ick mi dorför, dat se dor in un dat wi jümmers so fein op Platt tüün' künnt.

Natüürli bedank ick mi bi all de Lüüd, de mi dör'n Geschicht oder blots dör een dösigen Satz op'n Idee för'n frischen Döschkassen bröcht hebbt.

Datsülbige gillt ook för de Medien, för't Radio, Fernsehn, dat Internet un de Zeidungen – un ook för de Reklame. Wat de af un an vun Stopel loten doht, dat kann man sick alleent gor ni utdinken. Danke!

Een ganz besünnern Dank geiht an Tine Arnhold Maik Wilms. An un för sik wull ick düssed Book nömli gor ni schrieven. Liekers hebbt mi jümmers weller Lüüd dorop ansnackt. Overs Maik un Tine hebbt blan mien Sonja as eenzige ni locker loten un mi jümmers wieder piesackt.

Also nochmol: Danke. Danke. Danke!

Se finnd mi ook in Internet ünner

www.heiko-kroll.de